Blondinen in Opposition

oder die Rückkehr der Hühnersprache

Und wie man einem Gockel Beine macht

Für alle Menschen, die mit Witz und Charm ihren

Widersachern die Stirn bieten

Ein Roman von
Martina Bohr (ehemals Mußmann)

Blondinen in Opposition

oder die Rückkehr der Hühnersprache

Und wie man einem Gockel Beine macht

Neuauflage

Martina Bohr (ehem. Mußmann)
Erstmals veröffentlicht 2013
Neu überarbeitet: 2024
Layout Buchcover: Martina Bohr
Cover Foto Hahn: fotolia.de

ISBN: 9783758375125

© 2024 Martina Bohr
Herstellung und Verlag:
BoD – Books on Demand,
Norderstedt

Kapitel 1

An einem heißen Samstagnachmittag im Mai schlenderte ich durch unsere kleine Stadt. Die schmalen Gassen waren kühl und schattig. Durch die Sohlen meiner Sandalen spürte ich die Unebenheit des Kopfsteinpflasters. Nach einigen hundert Metern brannten meine Füße unter dem zusätzlichen Einfluss der Hitze.

Die Geschäftsöffnungszeiten waren an diesem Samstag verlängert. Seit Ewigkeiten hatte ich einmal wieder einen freien Tag. Die Kauflust zog mich nicht in die Stadt, ich wollte einfach mal wieder bummeln gehen. Ich liebte es, vor dem Rathaus zu sitzen, einen Becher Eis zu essen und mir dabei die vielen Passanten anzuschauen.

Als ich so darüber nachdachte, kürzte ich meinen Bummel durch die City ab und nahm direkt Kurs auf den Rathausplatz. Kurz bevor ich ihn erreichte, dröhnten Musik und ein Sprechgesang an meine Ohren. Dort angekommen, bot sich mir ein buntes Bild. Auf dem sonst so ruhigen Platz hatte sich eine Menschentraube rund um den Brunnen gebildet. Ich konnte nicht erkennen, was der Anlass für diesen Massenauflauf war. Schaulustige versperrten mir die Sicht auf die Mitte des Platzes. Ich reckte meinen Hals und hoffte so, besser sehen zu können. Dabei kam ich einem älteren Herrn zu nahe.

Sein Ellenbogen erwischte meinen Brustkorb mit einer solchen Wucht und Heftigkeit, dass ich einen Meter weiter auf meinem Po landete. Jetzt war meine Neugier noch mehr gewachsen. Während ich einen geeigneten Platz suchte, fragte ich eine Dame neben mir, ob es sich hier um eine besondere Veranstaltung handele?

Sie allerdings sah mich nur an, dann deutete sie mit ihrer Hand auf meinen Kopf und grinste breit. Ich strich unsicher über mein Haar, da fühlte ich nichts Ungewöhnliches und ersparte mir noch weiter nachzuhaken.

Der Rathausplatz wurde an einer Seite von einer Mauer eingefasst, ich arbeitete mich durch die grölende Menschenmenge, bis ich endlich davorstand. Mir war heiß und wenn ich gewusst hätte, dass es mir heute so schwer gemacht werden würde, ein Eis zu essen, dann wäre ich zu Hause geblieben.

Den Eisschrank zu Hause hätte ich über die Terrasse ohne Hindernisse schneller erreicht. Auf der Mauer saßen schon junge Leute, sie waren ungefähr in meinem Alter. Hier werde ich mir einen Sitzplatz ergattern. Notgedrungen würde ich den Ellenbogentrick anwenden, den hatte ich ja gerade erst gelernt.

Als ich nach einer freien Stelle auf der Mauer Ausschau hielt, schauten die jungen Leute eigenartig auf mich herunter.

Ich dachte: Steht hinter mir etwa ein Elefant, schaute mich um, da ist nichts! Die „Mauerhocker" sahen, wie ich mich unsicher umschaute und meine Nase befühlte, dann lachten sie schadenfroh. Haha! dachte ich, die meinten mich.

Ziemlich sauer darüber, von fremden Menschen so ausgelacht zu werden, fragte ich patzig: „Was ist? Hä, hab ich Farbkleckse im Gesicht oder eine lange Nase, wie Pinocchio? Oder warum lacht ihr so bescheuert?"

„Nö!", antwortete ein junger Mann. Indem er mir die Hand reichte, forderte er mich auf, mich zu ihnen zu gesellen. Ich nahm seine Hilfe dankend an und mit einem Ruck saß ich auf der Mauer. Der junge Mann legte seinen Arm um mich und zeigte mit dem Finger, der echt lang war, auf die Mitte des Rathausplatzes.

Ich folgte mit zusammengekniffenen Augen, der mir angezeigten Richtung. Nun erkannte ich, was sich dort abspielte. Zeitgleich wünschte ich mir schon zum zweiten Male, ich wäre heute daheim geblieben.

Niemals hatten mich Blondinenwitze gestört. Oft genug lachte auch ich darüber und erzählen konnte ich sie auch.

Doch was ich hier sah, machte mich sprachlos. Vielleicht hätte ich laut losgelacht, wenn, ja, wenn ich nicht selber blond wäre.

Meine Fragen im Kopf, stifteten augenblicklich ein Durcheinander, *Was war hier nur los? Hätte mich nicht jemand vorwarnen können? Wie kam es zu dieser Demo?*

Ich wusste nämlich, zu diesem Zeitpunkt noch nicht, dass es sich bei dieser Veranstaltung lediglich um eine Abschlussfeier von Abiturientinnen handelte.

Erst musste ich kräftig schlucken, dann habe ich meine Augen einmal fest geschlossen, als ich sie wieder öffnete, war das Bild dennoch nicht verschwunden, also war das hier auch kein Traum. Vor meinen Augen tat sich das Bild einer tanzenden Gruppe von blonden Frauen auf, dazu sangen sie Parolen. Der junge Mann, dessen Arm nach wie vor auf meiner Schulter lag, um mir mit seinem Finger die Blickrichtung anzuzeigen, sprach in mein Ohr:

„Das sind Abiturientinnen, alle haben sich die Haare blondiert und unter dem Motto >auch blond schafft Abitur< diesen Aufmarsch organisiert, cool, oder?"

Sie alle trugen ein weißes T-Shirt, auf dem stand, *Sprich langsam, ich bin blond!* Blondinen in allen Größen und Formen. Zu fetziger Musik tanzten sie. Hielten Schilder, wie bei einer Demo hoch, auf denen standen Parolen wie, *Wir protestieren gegen alle, die sich blondieren – nur wir sind echt, eure Witze sind echt schlecht!"* Ein weiteres, *Bist du blond, hast du Chancen bei James Bond* oder *brünett und schwarz ist öd, blond ist gar nicht blöd!*

Alle Damen sangen nun die erste Parole laut. Ohne Text hätte mir die Choreografie dazu sogar gefallen können, in diesem Zusammenhang allerdings, konnte ich das alles nicht gutheißen.

Mein Hang zum Artenschutz breitete sich plötzlich auf die Spezies blonder Frauen aus. Die Menschenmenge applaudierte und jubelte der blonden Gruppe zu. Da saß ich nun, als Blondine zwischen dunkelhaarigen Männern und Frauen, einige schauten provokativ zu mir herüber, einmal sah es so aus als hätten plötzlich alle einen Blondinenwitz parat, oder als warteten sie auf eine Reaktion von mir. Ich blieb ganz ruhig und hoffte auf eine Chance, der ganzen Situation unauffällig zu entfliehen. Jetzt mit zu jubeln und zu applaudieren fand ich irgendwie unpassend.

Oder sollte ich nun etwas sagen oder unternehmen, womit keiner rechnen würde. Von der Mauer hopsen und einfach abhauen, war mein erster Wunsch und schien mir hier die einfachste Lösung. Ein weiterer Wunsch, der nun auch die Mehrzahl meiner inneren Stimmen erhielt, war der, dass ich den jungen Mann neben mir gerne näher kennenlernen wollte. Vorsichtig schaute ich nach links und nach rechts, lächelte verkrampft und fragte mutig: „Kennt ihr den schon? Treffen sich zwei Blondinen …", mit diesen Worten entschloss ich mich nun doch zu meinem Abflug, von der Mauer.

Just in dem Moment, als ich abheben wollte, hielt mich der junge Mann am Arm und lachte mir ins Gesicht. „Willst du nicht noch ein bisschen bleiben, bis sich der Menschenknoten da unten aufgelöst hat? Ich habe mich noch nicht vorgestellt, ich bin Ralf und wie heißt du?" „Gitti 007 Blond! Freunde nennen mich auch kurz Gitti", sagte ich mit verstellter Bondstimme. „Gut 007 Blond, wie wäre es, darf ich dich auf ein kühles Blondes, autsch, kühles Bier, meine ich natürlich, einladen?" Dabei lachte er und sein charmantes Lächeln traf mich so, dass meine Knie, obwohl ich nicht stand, ganz weich wurden.

Ich stotterte: „Weiß nicht, vielleicht heut nicht grad, ich müsste da noch was erledigen."

Nun lacht der schon wieder. So hat mich noch kein Mann angelacht, Wahnsinn!

Dann fragte er mit Nachdruck: „Heute nicht? Dann eben an einem anderen Tag?"

Wie gerne hätte ich ihn unter anderen Umständen kennengelernt. Liebe nach dem zweiten Lächeln? Mein Kopfkino spielte schon den Liebesfilm ab, den ich mir mit ihm vorstellte. Mir wurde heiß. Das lag wohl an den Temperaturen.

Ich hatte nun Bedenken, er könnte spüren, was mir durch den Kopf ging. Dann lächelte ich so charmant zurück, wie es mir im Moment möglich war. Da man so etwas auch nicht vor dem Spiegel übt, sah es bestimmt total lächerlich aus.

Endlich bahnte sich der Blondinenzug einen Weg durch die Menschenmenge, gefolgt von einigen Zuschauern.

Die Versammlung löste sich langsam auf. Ich saß noch auf der Mauer, wollte jetzt auch nicht mehr fort, an meiner Seite saß ja noch der nette Ralf, mit dem zauberhaftesten Lächeln von der Welt. Nein, es war nicht von dieser Welt und ich drohte auch schon meiner Welt zu entrücken, vor lauter Entzücken. Wie bekam ich nun seine Telefonnummer, ohne direkt so freiheraus danach zu fragen? Natürlich hatte ich nichts zu erledigen. Diese Ausrede brauchte ich, weil ich so verschwitzt, wie ich war, nirgends hingehen konnte und mit ihm dann schon gar nicht. Ich konnte keinen klaren Gedanken fassen. Der Aufmarsch der Blondinen hatte mich ganz schön verwirrt, oder war es Ralf? Wie gern würde ich ihn einfach einpacken und mitnehmen.

Was sollte ich auch ausgerechnet heute in der Stadt? Ich sah mich schon zwischen den vielen Menschen, die den ganzen Abend Blondinenwitze erzählten. Nein danke! Nach der Veranstaltung, die hier soeben stattfand, war es wohl offensichtlich, dass das Haupt-Gesprächs-Thema der Aufmarsch der „Blondinen in Opposition" sein würde, und heute dürfte sich bestimmt jeder über eine Blondine lustig machen.

Diese Wahrscheinlichkeit war für mich im Moment auf jeden Fall größer, als die Wahrscheinlichkeit, dass mein Wunsch, mit Ralf allein zu sein, in Erfüllung gehen könnte.

Als ich aus meinen Gedanken aufblickte, saßen nur Ralf und ich auf der Mauer. Er hakte sich bei mir unter und wir hüpften gemeinsam von derselben.

Noch immer untergehakt, schlenderten wir die Fußgängerzone entlang. Ganz beiläufig fragte er: „Was hast du denn heute noch vor?"

„Ich muss die Kühe melken.", diese Antwort rutschte einfach so spontan aus mir heraus, im selben Moment bereute ich meine Aussage. Dass er nun denken könne, ich sei eine Landwirtin, beeinflusste vielleicht unsere weitere gemeinsame Entwicklung.

Denn das Zucken seiner Gesichtsmuskeln war mir nicht entgangen. Seinem Gesichtsausdruck nach dachte er wohl, ich hätte einen Scherz gemacht und fragte leicht irritiert: „Wie jetzt, du musst die Kühe melken?"

Da es jetzt eh schon so aussah, als würde er sich über meine bevorstehende Tätigkeit amüsieren, schien es, als hätte ich nichts weiter zu verlieren.

Daher posaunte ich auch gleich heraus: „Wer nix wird, wird Wirt und ich, lieber Ralf, hab's zumindest bis zum Landwirt geschafft und die müssen ab und an auch mal die Kühe melken. Wusstest du das nicht?", dabei sah ich ihn übertrieben mitleidig an.

„Ha", lachte er, „das glaube ich nicht, so wie du aussiehst, arbeitest du doch nicht auf einem Bauernhof?"

„Ach nein?" Er hatte Glück, dass er so zauberhaft aussah, ansonsten hätte mich seine Aussage geärgert. *Wie sieht denn jemand aus, der auf einem Bauernhof arbeitet. Wie meint er das? Hat er vielleicht ein Problem damit, dass ich Landwirtin bin.* Ich schaute ihn fragend an, teilte ihm meine Gedanken aber nicht mit.

„Und was treibt dich in die Stadt?", fragte er weiter.

„Ich war auf dem Weg zum Friseur, wollte mir die Haare schwarz färben, und so", antwortete ich kess.

„Du bist echt schlagfertig, das gefällt mir. Im Übrigen wäre es schön, wenn du so bleiben könntest, wie du bist, denn so gefällst du mir nämlich, wenn ich das sagen darf?", lächelte er wieder.

Schmelz, klar darf er das sagen. Mehr davon.

„Leg noch ein paar Komplimente drauf, wenn du magst und dir noch mehr einfallen. Ich bin da ganz offen, weißt du.

In meinem Kopf ist viel Platz, also her damit, bis mein blondes Köpfchen raucht", sagte ich lachend, neckisch fügte ich hinzu: „Zudem hast du Glück, dass ich mir auch so gefalle, wie ich bin. Für einen Friseurbesuch ist es heute eh viel zu warm."

„Schade, dass du jetzt keine Zeit hast, länger zu bleiben, ich würde gerne noch den ganzen Nachmittag mit dir verbringen. Deine Art verspricht auf jeden Fall, dass es ein amüsanter Nachmittag werden könnte."

Während er, wie ein junger Hund vor mir her hopste bettelte er weiter: „Kannst du nicht ein paar Wichtelmänner bestellen, die die Kühe melken? Bitte! Bitte!

Außerdem passen die zum Melken auch besser unter die Kühe."

„Pah, du bist ja ein Witzbold, das geht nicht! Die Wichtel haben Urlaub und kommen erst zur Heuernte zurück. Tut mir leid."

„Ah", sagte er, als hätte er eine geniale Idee, „wie lange dauert denn so eine Aktion, könnte es sein, dass dich die Kühe zum Abend wieder frei geben oder hast du heute Abend schon etwas vor?", mit den Worten hakte er sich wieder bei mir ein und schaute mir von der Seite demonstrativ ins Gesicht, sodass ich seinem Blick nicht ausweichen konnte.

Ich löste mich von seinem Arm. *Ging mir das jetzt zu schnell? dachte ich. Nein!* Ich hatte gehofft er würde mich das fragen und nun wusste ich nicht, was ich sagen sollte, denn augenblicklich platzierte sich ein Frosch in meinem Hals und ich brauchte für meine Antwort zwei Anläufe. Schließlich stotterte ich: „Nein, eigentlich nicht, ich habe mir noch keine Gedanken gemacht. Vielleicht gehe ich noch spontan aus. Warum fragst du?"

„Mein Freund Bernd hat heute Geburtstag und ich würde dich nur zu gerne mit zu seiner Fete nehmen", sagte er ganz gelassen, als würden wir uns schon lange kennen.

Eigentlich war das keine schlechte Idee, dazu wäre es eine gute Möglichkeit sein Umfeld abzuleuchten und ihn bei der Gelegenheit auch näher kennenzulernen. Zudem schien es mir, als sei der Besuch einer privaten Party heute genau das Richtige, um dem Stadttrubel, der zu erwarten war, zu entkommen.

Ungläubig fragte ich ihn: „Kann ich denn da einfach so mitkommen?" „Klar, jeder darf seinen Partner mitbringen!"

„Ja, hat denn deine Partnerin keine Zeit?!", fragte ich gespielt naiv.

„Nein", grinste Ralf und zog die Augenbrauen hoch, „bis jetzt weigert sie sich noch, weil sie den Abend lieber im Kuhstall verbringen möchte, befürchte ich."

Oh man, das halte ich nicht aus, dachte ich bei mir, dieses Lachen.

„Ha, ich bin aber nicht deine Partnerin?!", rief ich aus, als hätte ich im Quiz die Antwort zuerst gewusst. Dabei schaute ich ihn mit Dackelblick fragend an.

„Was nicht ist, kann ja noch werden!", neckte er. Mein Herz klopfte mir augenblicklich bis zum Hals. Ich hatte das Gefühl, ganz schnell antworten zu müssen, damit er es sich nicht anders überlegen würde. Also sagte ich spontan: „Okay, du hast gewonnen. Die Kühe können auch einmal ohne ein Schlaflied von mir auskommen. Wo sollen wir uns treffen?"

„Wir treffen uns gar nicht, ich würde dich gerne von zu Hause abholen. Dann kannst du mir nach der Party nicht einfach so entwischen, wie es das Aschenputtel vor Jaaahren mit dem Prinzen gemacht hat. Du kannst dich vielleicht noch an die Geschichte erinnern?"

„Ja klaro, das hat doch fett in der Zeitung gestanden. Alle Welt hat darübergeschrieben und gesprochen, sogar heute erzählt man sich noch diese Geschichte vom Aschendingsmädel Brödel, meine ich", erwiderte ich im theatralischen Tonfall, „ich begrüße es zudem auch, dass du mich abholen möchtest. Du kennst ja meine Trinkgewohnheiten nicht, vielleicht weiß ich nach zwei Stunden schon gar nicht mehr, wo ich wohne?!" Dann gab ich ihm meine Adresse und meine Telefonnummer. Wir verabschiedeten uns etwas zögerlich, ja fast schon schüchtern voneinander.

Am Parkplatz angekommen, stieg ich in mein Auto, drehte das Radio sofort lauter, sie spielten „Am Fenster" von City.

So fuhr ich in Gedanken an Ralf nach Hause und stellte mir die Frage: Habe ich das alles nur geträumt? Wenn nicht, wie könnte das mit uns dann weitergehen?

Eine Antwort darauf fand ich nicht. Stattdessen sang ich den Refrain des Liedes mit und klopfte im Takt zur Musik auf meinem Lenkrad. „Hoho dubbidubidei, lalalalalei lalalalei, Hey, lalala, Hey lalala…"

Kapitel 2

Auf unserem Hof angekommen, begrüßte mich meine jüngere Schwester Jutta freudestrahlend. Sie war meine Lieblingsschwester, was nicht wirklich verwundern dürfte, da sie meine einzige Schwester war.

„Ist etwas passiert in der Stadt?", fragte sie neckisch.

„Wieso?", fragte ich zurück mit heller Stimme, als hätte man mich bei irgendetwas erwischt. „Ach, du hast so etwas Verträumtes im Gesicht."

„Hör bloß damit auf, ich habe heute schon einmal geglaubt, ich hätte etwas im Gesicht!", schimpfte ich. Jutta fütterte gerade die Schweine, und mit meinen letzten Worten verschwand sie im Stall.

Manchmal übernahm Jutta einige Arbeiten auf dem Hof, damit ich, so wie heute auch einmal Zeit für mich hatte. Sie machte das gerne und sah die Arbeit als angenehme Abwechslung und als Ausgleich zu ihrem doch zeitweise sehr stressigen Beruf als medizinisch-technische Assistentin.

Meine Eltern arbeiteten auch auf unserem Hof. Zusätzlich bot mein Vater den Bauern im umliegenden Kreis seine Dienste als Lohnunternehmer an. Meine Mutter organisierte die Auslieferungen unserer Milch, dem eigens angebauten Gemüse und den Verkauf in unserem kleinen Hofladen. Alleine könnte ich die anfallende Arbeit auf unserem Hof nicht bewältigen.

Zudem wurden wir von unseren Mitarbeitern unterstützt. Einige kamen nur für die Erntezeit, andere waren das ganz Jahr über bei uns beschäftigt. Mein Vater hatte diesen Hof gekauft, als er ungefähr in meinem Alter gewesen war. Meine Mutter wuchs auch auf einem Bauernhof auf.

Gemeinsam hatten sie hier ganz klein angefangen. Mein Vater hatte anderen Landwirten seinen Dienst als Lohnunternehmer angeboten. Er investierte ein kleines Vermögen in moderne Landmaschinen. Denn die meisten Landwirte in dieser Gegend besaßen keine eigenen Mähdrescher, Heuwender, Pressen, Förderbänder und Gebläseanlagen, daher waren sie auf die Unterstützung meines Vaters angewiesen. Zusätzlich renovierte er die große Scheune auf dem Hof, diese diente nun als Heu- und Strohlager und als Lager für Silageballen. In der Umgebung lebten viele Pferdeliebhaber, die auch heute noch froh waren, dass wir sie mit Heu versorgten.

Von den ersten Gewinnen bauten meine Eltern das Wohnhaus um und finanzierten die Modernisierung des Kuhstalls. Dabei achteten sie stets auf eine moderne ökologische Bau- und Funktionsweise. Im oberen Teil des Hauses bewohnten Jutta und ich jede eine eigene Wohnung mit einem gesonderten Aufgang von außen. Diesen benutzten wir allerdings nie. Einen zweiten Zugang zu unseren Wohnungen bot eine große Treppe aus dem Hausflur der Wohnung unserer Eltern. Meine Mahlzeiten nahm ich immer zusammen mit meinen Eltern ein. Jutta war meist nur an den Abenden zu Hause.

Zu der Zeit, als unsere Großmutter noch lebte, saßen alle Mitarbeiter gemeinsam mit uns am Tisch. Das war noch möglich, da meine Großmutter meiner Mutter in der Küche half. Als sie gestorben war, bauten wir unser Backhaus für die Angestellten aus. Darin richteten wir eine kleine Küche für sie ein. Das entlastete meine Mutter und wir waren unter uns.

Was mich sehr freute, denn es gab gerade bei den Mahlzeiten viele Themen, die man nicht vor den Angestellten besprechen konnte. Neben der Aufzucht von Milchkühen betrieben wir auch eine Schweinemast mit ca. 150 Schweinen und eine Eierproduktion aus Bodenhaltung. Für den Verkauf in unserem Hofladen boten wir Nudeln, Wurstwaren und Gemüse aus biologischem Anbau an.

Zu unseren Kunden zählten Nachbarn, ein Tante-Emma-Laden im Dorf und auch Interessenten für Bioprodukte aus der Stadt kamen vermehrt zu uns in den Hofladen. An dem kleinen Laden vorbei schaute man auf das U-förmige Wohnhaus im Landhausstil. Blühende Sträucher und prächtige Blumen umgaben die Terrasse. Ein Balkon, der zu Juttas und meiner Wohnung gehörte, zierte die obere Etage vor der großen Fensterfront. Er wurde geschmückt von Blumenkästen, darin blühten fleißige Lieschen in allen Farben. Auf der unteren Etage lag rechts die große Bauernküche, in der wir am liebsten saßen. In der Mitte befand sich, wie oben ein langer Flur, von dem aus die zwei Bäder, das Gäste-WC, der Schlafraum meiner Eltern und ein Gästezimmer erreicht werden konnten und natürlich das Wohnzimmer. Ein riesiger Raum auf zwei Ebenen. Der Teil mit Ausrichtung zur Gartenseite war der gemütliche. Ausgestattet mit einer halbrunden Sitzecke aus hellem Leder, Fernseher und einem Ausgang zum kleinen Garten.

Den oberen Teil füllte ein langer Tisch mit acht Stühlen, eine Musikanlage und einige Pflanzen sowie

Stehlampen. Eine große Glasschiebetür gab den Blick und den Ausgang auf unsere Terrasse frei. Im Durchgang der die beiden Wohnzimmerräume voneinander trennte, standen an einer Wand ein altes Klavier und an der anderen ein großer Schrank.

An unseren kleinen Garten hinter dem Haus grenzten unser Pferdestall und der Trockenpaddock. Ein hübsches Zuhause für unsere beiden Ponys. Sie konnten aus ihrem Stall in unser Wohnzimmer schauen, wenn sie die biologische Veranlagung hatten, überhaupt so weit sehen zu können.

Der Garten war nicht so groß und auch nicht zu gepflanzt mit Blumen und Sträuchern. Ein kleiner runder Gartentisch mit vier Stühlen stand auf einem extra dafür gebauten Plateau aus Holz. Violett blaue und weiße Ziersträucher rahmten diese kleine Oase ein. In der Mitte des Gartens war ein Netz gespannt für Volleyball- oder Federballspiele. Vor dem Pferdestall stand eine Hundehütte, die eigentlich für unseren Berner Sennen Hund,Sam, erbaut worden war, dieser zog es allerdings vor, mitten auf dem Hof zu liegen, um sein Reich zu beschützen. Manchmal gesellte er sich auch zu uns unter den Küchentisch, um den Boden von Krümeln zu befreien.

Sam war schon sieben Jahre alt, manchmal plagte ihn die Arthrose, ansonsten war er erstaunlich fit. Er liebte es, wenn er mich auf dem Trecker begleiten durfte. Obwohl er aufgrund seiner Arthrose nicht mehr so gut auf den Trecker hinaufspringen konnte, aber seine Freude siegte meist über seine Schwerfälligkeit.

Die beiden Ponys waren auch schon älter. Jutta und ich hatten in der Vergangenheit viele Ausritte mit ihnen

15

unternommen. Jetzt reduzierten wir die Dauer der Ausritte. Islandponys waren zwar sehr robust und erreichten bei guter Pflege auch ein hohes Alter. Wir dachten dennoch, dass sie es uns dankten, wenn wir sie mehr schonen würden.

Manchmal schnappten Jutta und ich uns die Ponys in den Abendstunden. Ohne Sattel, nur mit einem Halfter ritten wir dann herunter zum See, Sam im Schlepptau. Während die Ponys friedlich grasten und Sam sich im Schatten eine Verschnaufpause gönnte, gingen wir meist eine Runde schwimmen. Diese Ausritte bereiteten uns heute noch genauso viel Freude, wie früher. Oft saßen Jutta und ich unter dem Baum am See und bedauerten, dass wir erwachsen wurden. In der Jugend, beziehungsweise in unserer Kindheit, waren wir unbeschwerter.

Nun kamen die Verpflichtungen hinzu. Unsere Arbeit und die Verantwortung hielten uns oft davon ab, wie früher einfach ungestüm loszureiten und im gestreckten Galopp über die Felder zu sausen, danach erschöpft heimzukommen, um uns einfach an den gedeckten Abendbrottisch zu setzen.

Im Sommer kamen am Abend noch unsere Freunde aus der Nachbarschaft und wir saßen lange im Garten. Heute hatte Jutta ihre Arbeit und ihre Freunde, ich hatte meine Arbeit und meine Freunde. Allerdings waren einige meiner Freunde bereits fortgegangen, um in großen Städten zu studieren.

Wenn Jutta und ich dann so zusammensaßen und uns über die Vergangenheit unterhielten, machten wir uns auch ab und zu Gedanken über die Zukunft. Wir stellten uns vor, wie es wäre, wenn eine von uns heiraten und vielleicht fortgehen würde? Da uns solche Gedanken traurig stimmten, entschieden wir uns zu jedem Zeitpunkt, einer solchen Diskussion, die Zeit im Hier und Jetzt zu genießen, solange sie uns noch so viel Möglichkeiten der Freude bot.

Als ich nun an diesem Tag unsere große Bauernküche betrat, duftete es nach Mamas Apfelkuchen. Jeden Samstag backte sie einen Kuchen. An meinem Platz stand ein Teller mit zwei Stücken. Das Ganze wurde gekrönt von drei Portionen Sahne. Ich schenkte mir einen großen Becher Kaffee mit so viel Milch ein, dass er schon fast weiß war, aber nur so konnte ich das Gebräu meiner Mutter überleben. Obwohl, wenn ihn Tote trinken würden, dann hätten sie die Chance, die eigene Auferstehung zu erleben.

In diesem Haus wagte es keiner, den Kaffee ohne Milch zu genießen. Ihr Kuchen dagegen war grandios.

Allerdings entfernte ich zwei Portionen Sahne gleich wieder. In meinem Magen grummelte es ohnehin schon und ich wollte ihn mit dem Verzehr der fettigen Sahne nicht zusätzlich ärgern. Ich hatte Bedenken, er könnte sich rächen und das würde mir heute gar nicht passen. In diesem Augenblick betrat meine Mutter die Küche, sie verschloss im Gehen ihr Armband und fragte: „Hat's geschmeckt, mein Lockenköpfchen?"

Bei dem Anblick meiner Mutter entglitt mir ein Pfiff. Sie hatte im Februar ihren 56igsten Geburtstag gefeiert und wirkte sehr jugendlich auf mich. Selbst die viele Arbeit auf dem Hof hatte ihrer Figur nicht geschadet. Sie war mit einer Jeans, einem hellblauen dünnen Rolli, einem dunkelblauen Blazer und dazu passenden Pumps bekleidet. Die Haare trug sie seit Jahren sehr kurz, sie hatte keine Lust sie ständig zu frisieren. Ich mochte den kurzen Haarschnitt, er passte zu ihrer pfiffigen Art.

„Na, gefalle ich dir?", fragte sie und drehte sich mit den Worten, damit ich sie von allen Seiten betrachten konnte. Stöhnend, als würde ich es ihr zum x-ten Male sagen, erwiderte ich gelangweilt: „Ganz toll, Mama.", und um das Thema zu wechseln, schob ich meine Frage schnell hinterher. „Wo möchtet ihr heute Abend hingehen?"

„Zu Liselotte und Ernst!", sang sie. Da ich heute schon mit dem Thema >Blond< konfrontiert worden war, fiel mir zu Liselotte gleich etwas ein. Nicht, dass sie auch blond wäre, nein. Welche Ursprungsfarbe ihr Haar hatte, wusste niemand so genau. Mal war ihre Haarfarbe Brünett, mal Schwarz, mal Mahagoni, mal Nachthimmelblau, welche Haarfarbe sie zurzeit hatte, wusste ich nicht.

Lieselotte war echt nett und es gab sehr viel zu lachen, wenn sie anwesend war, was meist mit ihrer Naivität zusammenhing. Ernst, ihr Mann, erzählte keine Blondinenwitze, er baute jeden Blondinenwitz um und machte daraus einen *Lieselotte-Witz*.

„Na, dann werdet ihr ja viel Spaß haben", sagte ich und nahm eilig den letzten Schluck aus meiner Kaffeetasse.

Jetzt kamen die Erinnerungen an den heutigen Nachmittag und an Ralf zurück. Mein Magen kribbelte heftig. *Das könnte jetzt vom Kuchen kommen, will mein Magen sich schon jetzt gleich rächen? Oder flattern da Schmetterlinge in meinem Bauch herum?* Bei mir dachte ich: *Was rumpelt und pumpelt denn da in meinem Bauch herum, ich dachte, ich hätte nur einen Kuchen gegessen, dabei fühlt es sich an, als hätte ich mich heut schon mit Goliat gemessen. Bestimmt war das der Kuchen. Oder hatte ich den Kaffee nicht ausreichend verdünnt.*

Plötzlich wurde ich hektisch, ich musste noch nach den Kühen sehen, duschen und passende Kleidung für den Abend heraussuchen. Im Kuhstall war alles ruhig. Eine Kuh stand kurz vor der Niederkunft und sicher würde es in den nächsten Tagen so weit sein. Für heute bat ich die Kuh, sie solle das Kalb bitte noch zurückhalten, weil ich eine Verabredung hätte. Für einen kurzen Moment glaubte ich die Kuh hätte genickt. *Blödsinn!* Beschwingt und fröhlich ging ich die Treppe hinauf in meine Wohnung. Zum ersten Mal stand ich vor meinem Kleiderschrank und glaubte, für den Abend darin nichts Geeignetes zu finden.

Also wechselte ich hinüber in die Wohnung meiner Schwester und stellte mich entschlossen, hier etwas zu finden, vor ihrem Kleiderschrank auf. Sie hatte genug. Sie ging sehr häufig mit ihren Freundinnen in die Stadt, um sich der neuesten Mode anzupassen. Somit war eines sicher, dieser Kleiderschrank war auf dem neuesten Stand und absolut hip. Zudem hatte sie mir schon mehrmals angeboten, ich könne mir etwas von ihr ausborgen. Ich bedeckte meinen Körper mit einem großen Handtuch, trat auf den Balkon. Jutta schob gerade eine Schubkarre über den Hof. Ich rief ihr zu: „Jutta, ich borge mir mal etwas aus deinem Schrank, ist das okay?" „Ja!", rief sie zurück, „aber nicht die grüne Bluse, die brauche ich heute Abend."

Schnell huschte ich wieder vor den Kleiderschrank meiner Schwester.

Hip! Ja, so sah das hier auch aus. Ich wusste nicht, wann und zu welchen Anlässen meine Schwester das alles tragen wollte. Bald merkte ich, dass ich in dem Schrank nicht fündig werden würde, für die Klamotten meiner Schwester fehlte mir der Mut oder vielleicht auch nur der Wunsch aufzufallen. Die Sachen waren mir alle zu durchscheinend und oder zu bunt.

In unseren Geschmäckern unterschieden wir uns sehr Ich bevorzugte praktische Kleidung, wie Jeans, T-Shirt, Hemden, Wollpullover und Stiefeletten, selten trug ich Pumps. Meine wertvollsten Stücke waren meine Lederjacke und meine verwaschene Jeans. Bei jeder Gelegenheit, die sich ihr bot, erzählte sie allen, auch ungefragt, wie unterschiedlich ihre beiden Töchter doch waren.

Es klang dann so, als wäre es etwas ganz Besonderes, wie die Pyramiden von Gizeh. Dann holte sie aus und erzählte eine ellenlange Story. Zum Schluss gab sie allen zu verstehen, sie wünschte sich, wir würden uns geschmacklich einmal in der Mitte treffen. Meinen Geschmack fand sie zu langweilig und den von Jutta zu auffällig. *Ach Gott, oh Gott diese Kinder*, äffte ich sie in Gedanken nach.

Unser Vater beruhigte sie und meinte, sie solle froh sein, so würden wir uns wenigstens nicht um einen Mann streiten. Recht hatte er. Denn zum Glück hatten wir auch bei unserer Herzenswahl unterschiedliche Geschmäcker. Ralf zum Beispiel, das wusste ich genau, war nicht Juttas Typ. Auch wenn er die allerschönsten Augen hatte.

Schon wieder spürte ich ein Kribbeln in der Magengegend. *Lag's jetzt nicht am Kuchen?* Ich zog nun doch aus dem Kleiderschrank meiner Schwester eine weiße Bluse mit weiten Armen und dazu eine schwarze enge Hose. Um das Outfit zu vervollständigen, zwängte ich mich in schwarze hochhackige Pumps. Weiß der Geier, wie man darin laufen, geschweige denn tanzen konnte. Als ich jedoch so vor dem Spiegel stand, gefiel ich mir gar nicht. Ich fühlte mich, wie *Henne auf Eiern*.

Außerdem war ich mit den Schuhen viel zu groß. Meine 175 Zentimeter reichten mir vollkommen. Ich konnte viele Dinge erreichen, ohne mich dafür auf meine Zehenspitzen zu stellen. So wie ich Ralf in Erinnerung hatte, war auch er nicht sehr viel größer. Außerdem sah ich nicht mehr aus, wie Gitti, sondern eher, wie Gutta.

Somit beschloss ich, die Klamotten schnell wieder auszuziehen, und entschied mich, meine eigenen Sachen zu tragen. Jutta war ein Jahr jünger als ich, wir hatten die gleiche Kleidergröße, dennoch musste ich gestehen, stand ihr der moderne Fummel einfach besser. Ich nahm meine Lieblingsjeans aus dem Schrank. Traurig betrachtete ich sie und flüsterte ihr zu: „Lange machst du es nicht mehr, aber heute Abend platzt du bitte nicht aus allen Nähten."

Dazu wählte ich ein weißes T-Shirt mit V-Ausschnitt, schlüpfte in meine Wildlederstiefeletten und nahm meine Lederjacke unter den Arm, falls es doch noch kühler werden würde. Vor dem Badezimmerspiegel knetete ich meine Naturlocken mit einem Spezialschaum in die richtige Form, und ich hoffte, die Frisur hielt, was der Schaum in der Werbung immer versprach. Jetzt sah ich aus, wie Gitti, ich gefiel mir. Im Spiegel zwinkerte ich mir zu und sagte mit Schmollmund: „Viel Spaß, Blondie!"

Kapitel 3

Die Küchenuhr zeigte an, es war erst kurz vor acht. Ralf wollte mich um halb neun abholen. Nervös blickte ich mich in der Küche um, nahm eine Tasse mörderischen Kaffee und verwandelte ihn mit viel Milch in ein harmloses Getränk. Im Wohnzimmer schaltete ich das Radio ein. Als meine Schwester hereinkam, tanzte ich gerade mit meiner Tasse Kaffee. Sie kam mit ihren stark verschmutzten und nach Stall duftenden Kleidern auf mich zu und wagte einen Versuch, mit mir zu tanzen. Ich stellte meinen Kaffeebecher schnell auf den Tisch. Tanzend konnte ich ihr entkommen. Sie drehte die Musik leiser und fragte, wie ein kleines Kind: „Darf ich wissen, wer er ist?"

„Kennst du nicht, kennst du nicht!", neckte ich sie, „aber er ist soooo süß."

„Wie habt ihr euch kennengelernt und wann? Komm, erzähl schon!", bettelte sie.

„Heute Nachmittag", rutschte es mir heraus. Fast hätte ich ihr von der Demo erzählt, aber das Thema verschwieg ich gekonnt. Da es ihr manchmal auch an Humor fehlte, erzählte ich ihr stattdessen: „Ich habe ihn in einem Eiscafé kennengelernt und heute gehen wir auf eine Geburtstagsparty."

„Das geht ja schnell bei euch. Erzähl doch mehr", bettelte sie weiter.

„Ne, jetzt nicht, er holt mich gleich ab, morgen kann ich dir mehr berichten."

„Ich bin schon gespannt, meinst du, er steigt aus, damit ich ihn sehen kann?" „Ne, das hoffe ich nicht und du kommst auch bitte nicht mit raus." Im selben Moment vernahm ich ein hupendes Auto.

Mit den Worten „Zehn Minuten vor der Zeit" verließ ich das Haus. In der Tür blieb ich stehen, um meiner Schwester zum Abschied einen Handkuss zuzuwerfen. Mein Herz schlug heftig, während ich auf Ralfs Auto zuging. Ist nun die Aufregung daran schuld oder habe ich den Kaffee nicht ausreichend verdünnt. Das könnte dann Spätfolgen mit sich bringen.

Da ich meine Aufregung überspielen wollte, öffnete ich salopp die Autotür. Überspielen musste ich jetzt nichts mehr, ich hatte mir nämlich die Autotür beim Öffnen vor das Schienbein geschlagen.

Es galt nun vielmehr zu verhindern, dass Ralf meine aufsteigende Röte bemerkte, so stieg ich mit gesenktem Kopf in sein Auto ein. In der Hoffnung, Ralf hätte von meinen Zusammenstoß mit der Autotür nichts bemerkt, quetschte ich ein gequältes „Guten Abend" heraus, während ich so tat, als würde ich noch mal zur Haustür sehen. Nachdem ich aufwendig meinen Sitz zurechtgerückt und den Gurt angelegt hatte, sah ich ihn kurz an.

Er lächelte sein „Guten Abend" charmant mit weicher Stimme heraus. Seine Augen verschwanden dabei hinter vielen kleinen Lachfalten. Mir wurde heiß und kalt. *Das wird der Schmerz ausgelöst haben, der sich über mein Schienbein ausbreitet.* Als Ralf sich auf das Anfahren konzentrierte, nutzte ich die Gelegenheit, mein Schienbein zu reiben. *Aua, das gibt bestimmt einen blauen Fleck und es wäre nicht der Einzige.*

Mit dem Auto benötigten wir ungefähr eine halbe Stunde, bis wir in der Stadt waren. Ralf erzählte mir, dass

Bernd am anderen Ende der Stadt wohne. Das waren noch einmal zehn Minuten. Genug Zeit also, um etwas über Ralf zu erfahren.

Er erzählte, er habe noch vier Geschwister. Ich erfuhr, dass seine Eltern genauso alt waren, wie meine Eltern.

Auch, dass seine Mutter nicht gut backen konnte, dafür aber umso besser kochen und man könne es ihr auch ansehen, meinte Ralf.

„Dir kann man es nicht ansehen, isst du selten zu Hause?", fragte ich.

Er meinte, er habe die Figur von seinem Vater. Daraufhin fragte er neckisch zurück: „Und wer, meine liebe Gitti, hat dir die blonden Haare vererbt?"

Erschrocken hielt ich mir eine Hand vor den Mund und rief mit einer aufgesetzten verzweifelten Stimme der Erkenntnis: „Oh man, ich habe es immer gewusst und jetzt in diesem Moment, in dem du es erwähnst, wird mir klar, ich bin adoptiert!" Ich schaute ihn mit aufgerissenen Augen an und sprach ruhig weiter. „Du musst wissen, meine Eltern sind nämlich beide dunkelhaarig."

Er lachte laut und schüttelte dabei den Kopf. Irgendwie bekam das Gespräch durch die Fragen, die Ralf an mich richtete, den Charakter eines Bewerbungsgesprächs, ich hatte das Gefühl als wollte Ralf in der kurzen Zeit alles über mich erfahren, um zu sehen, ob ich zu ihm passte.

Also drehte ich den Spieß um und stellte zu jeder Frage von ihm nach meiner Antwort direkt eine Gegenfrage, denn auch ich wollte wissen, ob er zu mir passte. Als wir dann endlich bei Bernd ankamen, war ich erstaunt darüber, was ich Ralf schon alles von mir erzählt hatte, andersherum erfuhr auch ich viel über Ralf. So gesehen hatte Ralfs Art schon einen Seltenheitswert, denn ich war während meiner Laufbahn als weibliches Wesen noch keinem Mann begegnet, der so gesprächig war, wie er. Bevor wir aus dem Auto ausstiegen, sagte ich: „Packen wir's! Eigentlich können wir jetzt allen erzählen, dass wir uns schon zwei Jahre kennen. So viel, wie wir in nur so kurzer Zeit von uns preisgegeben haben."

„Ja", sagte Ralf, „da hast du wohl recht, mir kommt es auch so vor, als hätte ich dir eben den Inhalt meines Tagebuches anvertraut."

„Wie jetzt! Tagebuch schreibst du auch noch?"

„Wieso auch noch? Was meinst du mit noch?"

„Na, ich meine nur, du plauderst so schnell und so viel, wie ein Mädchen. Da würde es mich nicht wundern, wenn du auch noch ein Tagebuch führen würdest."

„Also, meine liebe Gitti, ich schwinge Reden, und auch beruflich gerne mal den Hammer, aber ein Tagebuch hat bei mir keine Chance, meine geheimsten Gedanken zu erfahren. Das beweist dir nun hoffentlich, dass ich dem männlichen Geschlecht angehöre. Tagebücher brauchen nur Frauen. Das männliche Tagebuch nennt man Freund. So und damit mein Freund nicht noch länger auf uns warten muss, gehen wir mal lieber hinein, oder was meinst du?"

Als wir ausstiegen, fragte ich: „Hast du ein Geschenk für Bernd?"

„Wir haben von der Clique ein wenig Geld gesammelt. Du brauchst dir keine Gedanken machen. Ich habe den Partnerbeitrag gezahlt. Du bist natürlich von mir eingeladen."

Ich bückte mich über den Zaun auf das Nachbargrundstück und pflückte ein Blümchen.

Gute Musik drang an unsere Ohren, wir traten ein. Bernd stand gleich am Eingang. Ralf machte uns miteinander bekannt, dann gratulierten wir Bernd zum Geburtstag. Hinter uns betraten weitere Gäste den Raum. Bernd sonnte sich vor seinen Gratulanten und grinste breit. Auf mich wirkte er angeberisch und ich konnte mir nicht vorstellen, dass dieser Typ ein Freund von Ralf war.

Geschweige denn, dass Bernd Ralfs Ersatz für ein Tagebuch sein sollte. Ralf bemühte sich rührend, mich mit allen bekannt zu machen. So viele Namen konnte ich mir ohnehin nicht merken. Einige Gesichter hatte ich am Nachmittag auf der Mauer schon gesehen. Conny zum Beispiel, sie erkannte mich auch und lachte sehr sympathisch. Über die Demo verlor sie kein Wort.

Plötzlich zupfte jemand an meinen Locken. Während ich mich umdrehte, wusste ich instinktiv, dass es Bernd war. Rasch versuchte Ralf, Bernd in ein Gespräch zu verwickeln. Bernd hörte brav zu, starrte jedoch die ganze Zeit auf meinen Busen. Ich mochte Männer nicht, die mir nicht in die Augen schauen konnten. Ich spürte, dass Bernd nur einen Weg suchte, um mich zu provozieren, ich ahnte zu dem Zeitpunkt noch nicht, warum ihm daran etwas liegen könnte. Ich wünschte mir auf jeden Fall, ich hätte mir folgenden Text auf mein T-Shirt gedruckt:

Guten Tag, mein Name ist Gitti, Gitti Bond, meine Augenfarbe ist blau, ich bin 175 cm groß, meine Haare sind blond und wenn du mir noch länger auf den Busen starrst,

dann wirst du gleich meine Schuhgröße erfahren, und zwar
arschnah …

Bernds Haar war perfekt gestylt, sein aggressives Parfüm erfüllte den Raum und übertrumpfte alle anderen Gerüche. Ich konnte ihn nicht riechen und ich wusste, daran würde sich auch so schnell nichts ändern. Ich bedauerte, dass ich meine Lederjacke nicht angezogen hatte, ansonsten könnte ich jetzt mit süffisantem Blick den Reißverschluss einfach zu ziehen, um Bernd damit zu verstehen zu geben, die Vorstellung sei beendet. Ralf bemerkte die Blicke von Bernd nicht. Bernd nun kess zu fragen, was er auf meinem Busen suche, war wohl etwas gewagt. Denn ich malte mir aus, was passieren könnte, falls seine Schlagfertigkeit der meinen gleichkäme. Seine Antwort darauf könnte dann vielleicht lauten: „Ich suche die Aufschrift: *„Sprich langsam, ich bin blond"*!" Den Anreiz für so einen Spruch hatte er ja heute Nachmittag bekommen.

Ich unterließ es und verschränkte stattdessen einfach meine Arme. Jetzt schaute er mir in die Augen, dann ließ er seine Blicke durch den ganzen Raum schweifen. Mit listigen Augen sagte er: „Hast du schon bemerkt Gitti, du bist die einzige Blondine hier."

„Jetzt, wo du es sagst, fällt es mir auch auf, aber ich bleibe ganz sicher nicht die Einzige", antwortete ich schnippisch.

„Doch, das denke ich schon", sagte er, „die anderen haben heute keine Zeit, die sind auf einer Demo. Für heute haben leider alle abgesagt.", nach den letzten Worten lachte er so laut, als hätte er den Witz des Tages gemacht. Normalerweise steckte ich solche und ähnliche Äußerungen einfach so ein, wenn ich wusste, es war nur

Spaß. Doch Bernds Gequatsche machte mich wütend. Einmal, weil ich das Gefühl nicht loswurde, dass er mich bewusst provozieren wollte, und zum zweiten lag es wohl daran, dass er mich zusammen mit seinen Worten auch abwertend ansah.

Ich wagte einen Versuch, ihm zu kontern, und sagte: „Wenn deine Freunde und Gäste dich so kennen, wie ich dich gerade kennenlernen durfte, dann gibt es in deinem Bekanntenumfeld nur blonde Frauen, die sich vorher die Haare tönen würden, bevor sie sich deinen Sprüchen freiwillig aussetzen würden."

„Glaub mir, Gitti, Blondinen erkennt man letztes Endes nicht nur an der Haarfarbe. Denk nur mal an den Witz, in dem die Blondine sich die Haare schwarz färbt, zum Schäfer kommt und sich ein Schaf aussuchen möchte."

Ralf unterbrach Bernds Redefluss und damit auch seinen Versuch den Witz über die Blondine und dem Schäfer zu Ende zu bringen, indem er mich am Arm packte und mich mit auf die Tanzfläche zog. Mich rettete er somit aus der Situation. „Danke", flüsterte ich. Mein Kopf war ganz rot vor Wut und ich hoffte, Ralf würde es wieder nicht bemerken.

Er verstand es, sich zur Musik zu bewegen, wirbelte mich über die Tanzfläche und schaffte es dabei, auch noch zu lachen. Er war wirklich süß. Die Tanzfläche füllte sich. Zweimal machte Ralf den Versuch mich zu küssen. Jedes Mal wurden wir von Bernd, der ebenfalls seine Freundin zum Tanz führte, angerempelt. Einmal sagte er zu uns rüber gebeugt: „Na Gitti, wie fährt sich der Ralf, ist schon ein anderer Takt, als der vier Takt von deinem Traktor, was?", wieder lachte er und warf seinen

Kopf zurück in den Nacken, wie ein Hahn, der im Morgengrauen zu krähen begann.

So antwortete ich: „Ja, das ist schon etwas anderes, lieber Bernd, der Ralf hat nämlich Taktgefühl, was man von dir nicht gerade behaupten kann. Davon hat mein Traktor sogar mehr, als du.

Ralf zog mich von Bernd fort, er befürchtete wohl, ich würde gleich meine Krallen ausfahren und sie Bernd durchs Gesicht ziehen. Ralf küsste mich. Augenblicklich war ich besänftigt, hatte Bernd vergessen und wünschte mir, ich könnte mit Ralf alleine sein. Als hätte Ralf meine Gedanken gelesen, flüsterte er mir ins Ohr: „Komm, Gitti, lass uns fahren, ich möchte irgendwo hin, wo wir zwei alleine sein können."

Wir tanzten an Conny und Martin vorbei und sagten ihnen, dass wir die Party schon verlassen würden. Ralf wandte sich Bernd zu, der mittlerweile an der Theke stand und sagte zu ihm, mit monotoner Stimme: „Wir gehen."

Bernd lachte laut, zwinkerte Ralf überheblich zu und sagte: „Ralf, Blondinen wollen nicht gehen, sie wollen liegen."

Er blickte sich um, ob jemand seinen Witz gehört hatte, und da niemand lachte, lachte er wieder laut vor sich hin, in dem festen Glauben, seinem Kumpel einen guten Rat mit auf den Weg gegeben zu haben.

Seine momentane Freundin stand da mit offenem Mund und sah aus, wie unsere Kuh, Annabell, die bald kalben sollte.

Ralf zerrte Bernd energisch von mir fort, es schien, als wollte er ihn zur Rede stellen. Conny beobachtete die beiden und kam auf mich zu. „Was ist passiert?", fragte sie besorgt.

Ich schilderte im Schnelldurchgang Bernds Verhalten und sagte ihr, wie er auf mich wirke durch seine freche, ungehobelte Art. „Ach, Bernd", winkte sie ab, „den darfst du doch nicht ernst nehmen. Er ist ein Macho, allerdings nicht immer. Bestimmt hat er ein Problem damit, dass sein bester Freund nun eine Freundin hat. Vielleicht glaubt er aber auch, er könnte dir mit seinem Getue imponieren, um dich später, sollte es mit dir und Ralf doch nichts werden, selber als Freundin zu gewinnen. Wenn du über seine Witze nicht gelacht hast, wird er wohl denken, dass du kein Interesse an ihm hast, wobei ich allerdings bezweifle, dass er das wirklich schnallt. Ich meine nur, wenn er verletzt wird, dann kann er sehr gemein werden. Martin hat mir einmal erzählt, er würde vor seinen Freunden gerne mit seinen neuesten Eroberungen prahlen, dabei geht er so sehr ins Detail, dass es sogar den Jungs die Schamröte ins Gesicht treibt. Martin und auch die anderen sind sich sicher, dass er dieses Gehabe wieder ablegt, wenn es ihn einmal richtig erwischt. Du verstehst? Die Liebe meine ich."

Vorsichtig frage ich: „Wie hat er es aufgenommen, dass du mit seinem Freund Martin, zusammen bist, hat er versucht dich anzubaggern?"

„Nein, hat er nicht, ich bin nicht sein Typ. Aber er hat Martin davon überzeugen wollen, dass ich auch nicht Martins Typ wäre. Wie du siehst, ohne Erfolg. Als er merkte, dass Martin nicht auf sein Geschwätz hörte, hat er sich wieder anderen Dingen zugewandt. Die Dame da ist seine neue Eroberung, wenn sie wüsste, wie er über sie spricht, wäre sie nicht hier.

Das kannst du mir glauben. Ich denke, seine Art ist eher ein Zeichen, dass er neidisch wird auf seine Freunde, oder er hat Angst, dass bald alle gefunden haben, wonach jeder sucht. Nur er hat's nicht geschafft und bleibt übrig.", bei den Worten machte Conny einen bedauernswerten Gesichtsausdruck inclusive Schmollmund, „der arme Bernd, und dann gehen ihm auch noch die Zuhörer aus, um seine Weibergeschichten loszuwerden. Da kann „Mann" schon mal zum Zerstörer anderer Beziehungen werden. Im Grunde kann er einem doch nur leidtun", sie grinste mich an, „oder?"

„Da magst du recht haben, mich hat's gefreut, dich kennengelernt zu haben, hoffentlich sehen wir uns bald wieder."

So nun wusste ich Bescheid über Macho Bernd, Freund und *Tagebuch* von Ralf. Ich beobachtete, wie Bernd meinen Ralf am Arm durch die Hintertür ins Freie zog. *Was haben die denn vor? Wollen sie sich etwa duellieren?* Mit wachsamem Blick auf die immer noch verschlossene Hintertür ließ ich mir die Worte von Bernd noch einmal durch den Kopf gehen. Jetzt stand ich allein auf einer Party und hielt mich an meinem kalten Bierglas fest, denn sonst war niemand da, an dem ich mich hätte halten können. Conny tanzte mittlerweile wieder mit ihrem Martin. Ich kam mir ziemlich verloren vor, was letztendlich dazu führte, dass ich mich unwohl fühlte. Ralf kam nicht zurück.

Ich befand, er hatte mich nun lange genug allein zurückgelassen und plötzlich war auch er mir in diesem Moment gleichgültig. Ich konnte ja nicht ahnen, was die beiden hinter der Tür verhackstückten. Eins war sicher, läge ihm in diesem Moment etwas an mir, wäre er bei mir und nicht mit diesem Blödmann draußen vor der Tür. Duellieren konnten die beiden sich auch zu einem späteren Zeitpunkt. *Oder macht man das nicht im Morgengrauen? Würde ja zum Gockel Bernd passen. Kikeriki am Morgen bewaffnet mit Blondinenwitzen, duelliert er sich mit Tagebuchfreund Ralf. Der Kampf endete blutig nach einem langen Wortgefecht, während die Herzallerliebste das Fest verließ, aber einen Schuh, wie bei dem alten Märchen vom Aschenbrödel, den verlor sie nicht, somit bot sich für den Tagebuchfreund keine Chance, seine Herzallerliebste wiederzufinden. Ach nein, der weiß ja, wo ich wohne. Egal, ich haue hier ab.*

Nachdem ich mein Gedankenkarussell ausblendete, warf ich einen Blick auf meine Armbanduhr, sie zeigte mir, dass ich hoffen durfte, den letzten Bus noch zu bekommen. Ich schnappte mir meine Lederjacke und verschwand.

Im Bus sitzend dachte ich an Ralf und beschloss, ihn ganz schnell wieder zu vergessen. Schließlich war er Bernds Freund und vielleicht waren die zwei sich ähnlicher, als mir lieb wäre.

Kapitel 4

Bernd schnauzte Ralf an: „Mensch, reg dich doch nicht so auf, das hättest du dir doch gleich denken können, wieso bringst du auch ausgerechnet heute Abend ein Blondchen mit", wieder schelmisch grinsend, „ich dachte, du bringst Brötchen, stattdessen konfrontierst du mich mit einem Blödchen. Du kennst mich doch, da kann ich mich einfach nicht zurückhalten."

Stinksauer gab Ralf zurück: „Schon allein für den Satz jetzt müsste ich dich ohrfeigen. Du kannst es einfach nicht lassen. Aber für das nächste Mal, mein Freund, rate ich dir, halte dich zurück, sonst erlebst du etwas.", mit diesen Worten ging Ralf zurück in den Partyraum und knallte die Tür hinter sich zu.

Suchend schaute er sich um. Er sah Gitti nicht mehr. Hastig stürzte er auf Conny zu, bei ihr hatte er Gitti zuletzt stehen gesehen. Er fasste Conny unsanft an beiden Armen und fragte: „Wo ist Gitti?!"

„Ich denke mal, sie wird gleich zu Hause sein. Sie ist mit dem Bus gefahren!", verkündete Conny so, als wäre sie stolz auf Gitti.

„Hat sie noch etwas gesagt, sollst du mir etwas ausrichten?", flehte Ralf nun.

„Nein, sie hat nichts gesagt, sie ist einfach gegangen", sagte Conny und wendete sich von Ralf ab.

Enttäuscht über Gittis Flucht trat auch Ralf seinen Heimweg an. Er lag lange wach und überlegte, wie er den Kontakt zu Gitti wiederherstellen könnte und was er ihr erzählen sollte, um sie wieder zu beruhigen.

Er wusste, dass er sich in Gitti verliebt hatte, und er musste sie unbedingt wiedersehen. „Ich rufe sie an, gleich morgen!", sagte er zu sich, dann schlief er ein.

Kapitel 5

Der Bus hielt zwanzig Meter vor unserer Hofeinfahrt. Müde und frustriert schlurfte ich auf unsere Haustür zu. Im Kuhstall brannte noch Licht. *Das Kälbchen kommt*! dachte ich und stürmte in den Stall, dort saß Jutta und hielt ein frisch geborenes Kälbchen im Arm, welches sie sanft mit Stroh trockenrieb.

Ich zog meine Lederjacke aus, hockte mich zu Jutta und half ihr, das Kalb zu reinigen. Obwohl wir so etwas häufig erlebten, war es immer wieder ein umwerfend schönes Ereignis. „Sind Mutter und Kind wohlauf?", fragte ich Jutta.

„Ja", sagte sie und stand auf, um den Stall der Kuh mit frischem Stroh einzustreuen. „Sie hat drei Stunden gebraucht für dieses kleine Prachtexemplar. Es ist eine kleine Lady, also Nachwuchs für unsere Milchproduktion."

Ich sah dem Kälbchen bei seinem Versuch auf die Beinchen zu kommen zu, dabei schweiften meine Gedanken in die Vergangenheit zurück, in die Zeit, als ich während meiner Ausbildung ein Praktikum auf einem Bauernhof in Mecklenburg-Vorpommern absolvierte. Für ein halbes Jahr lernte ich dort auf einem ökologischen Hof.

Danach haben wir unsere Kuhhaltung und Zucht dem Modell angepasst. Die Kühe dort waren wirklich glücklicher und die Milch war dementsprechend nahrhafter und wertvoller. Darüber gab es mittlerweile schon wissenschaftliche Berichte, die diese Aussage bestätigten.

Das Kälbchen holte mich mit seinen Rufen aus meinen Gedanken. Wir halfen ihm dabei, sich auf seine wackligen Beinchen zu stellen, und bald saugte es zufrieden am Euter seiner Mutter.

Unsere Kälber blieben drei Tage bei dem Muttertier, damit sie ausreichend von der ersten Milch bekamen. Die erste Milch, auch Biestmilch genannt, unterstützt das Immunsystem des Kalbes für eine lange Zeit. Zum anderen sorgte das Kalb so für den Milchfluss im Euter des Muttertieres.

Durch unsere ökologische Produktionsart erreichten wir 45 Liter Milch pro Tag bei einer Kuh. Nach drei Tagen trennten wir die Kälber von den Kühen. Danach fütterten wir die Kleinen mit einem Nuckel Eimer in einem kuscheligen Kälberstall. Somit waren sie nach ungefähr einer Woche in der Lage, selbstständig aus einem Eimer zu trinken. Sie benötigten zweimal täglich 2-4 Liter Milch. Diese Milch stammte dann immer noch von dem Muttertier, die das Kalb geboren hatte.

Das Züchten von Milchkühen war auf unserem Hof eine meiner Lieblingsbereiche. Das Kälbchen versuchte auf seinen wackligen Beinchen seine Umgebung im Stall zu erkunden. Dabei sackte es immer wieder in sich zusammen, es saß dann auf seinen Hinterbeinen und schaute so, als wolle es sagen, *wer hat mir denn da die Beine unter dem Hintern weggezogen?*

Auch ich hatte heute das Gefühl, als hätte mir jemand die Beine unter dem Hintern weggezogen. Nun saß ich hier, betrachtete das freudige Ereignis, die Geburt des kleinen Kälbchens, und mir kamen die Tränen. *Vor Rührung?* dachte ich, *Nein!* Dieses freudige Ereignis erinnerte mich nur daran, dass ich mit dem Verlauf des heutigen Abends nicht glücklich war. Jutta spürte meine Traurigkeit. Sie legte tröstend ihren Arm um mich und fragte besorgt: „Hehelefe, duhulufu, wahaslefas ihistlefist dennhenlefen mithitlefit dirhirlefir loshoslefos?" (*He, was ist denn mit dir los?*) Erst musste ich grinsen über den niedlichen Versuch, mich mit ihrer Frage, in der Hühnersprache, aufzumuntern. Dann erzählte ich ihr mit schluchzenden Worten die ganze Geschichte von Ralf, von unserem aufregenden Aufeinandertreffen am Nachmittag, bis hin zu meinem spontanen Verlassen der Party.

Meine Schwester hörte mir zu, ohne mich zu unterbrechen. Ich beendete meine Erzählung mit einem Satz in der Hühnersprache: „Soholofe, jetzhezlefetz weißtheistlefeist

duhullefu Behelefescheidheitlefeit." (*So, nun weißt du Bescheid.*)

„Schluss mit dem Gejammer, ich kenne deinen Ralf zwar nicht, aber ich finde, du solltest ihn vergessen, wenn er seinen Abend lieber mit so einem Macho verbringt, als mit dir", erwiderte sie in ihrer unverblümten direkten Art, „schau dir das niedliche Kalb an, haben wir nicht einen Grund zu feiern!?", mit den Worten erhob sie sich, lief ins Haus, kam mit einer Flasche Sekt, zwei Gläsern und zwei alten Wolldecken zurück.

Wir prosteten uns zu. Nach dem ersten Glas Sekt fragt sie: „Kennst du, den schon? *Färbt sich eine Blondine die Haare schwarz, geht zu einem Schäfer und fragt: „Wenn ich errate, wie viele Schafe du hast, darf ich mir dann eins aussuchen?"*

„Klar!", sagt der Schäfer.

„279", sagt die Blondine stolz.

„Richtig", sagt der Schäfer, „dann such dir ein Schaf aus!"
Die Blondine sucht sich ein Schaf aus. Da sagt der Schäfer:
„Wenn ich dir sage, dass du gestern noch blond gewesen bist,
bekomme ich dann meinen Schäferhund zurück?"

Ich verschluckte mich an meinem Sekt und prustete
ihn heraus, um einem Lachkrampf Platz zu schaffen.
„Mensch!", rief ich, als ich mich beruhigte, „das ist ja eine
ganz neue Seite an dir. Gut, dass du mir den Witz
erzählst, ich glaube, den wollte Bernd heute vom Stapel
lassen, er bekam keine Chance ihn zu erzählen. Wenn
doch, hätte ich nicht so lachen können, wie jetzt.

Ich habe auch einen für dich, warte.", ich wischte mir
den Sekt vom Mund und begann meinen Witz zu
erzählen:

„Gucken zwei Blondinen einen Cowboyfilm, in dem ein
Cowboy auf ein riesiges Kakteenfeld zureitet!

„Ich wette mit dir um 10 Euro, dass der da durchreitet!",
sagt die eine.

„Ich wette, der reitet da nicht durch!", sagt die andere.

Der Cowboy reitet durch!

Sagt die erste: „Schon gut! Kannst deine Kohle behalten! Ich
muss zugeben, ich habe den Film schon mal gesehen!"

Sagt die zweite: „Ich auch! Aber ich hätte nicht gedacht,
dass der da noch mal durchreitet!"

Wir krümmten uns vor Lachen und hielten uns die
Bäuche. Nun fielen uns noch sehr viele Witze ein. Jutta
konnte kaum sprechen, so musste sie bei ihrem nächsten
Witz lachen:

„Zwei Blondinen unterhalten sich, sagt die eine: „Ich war beim Schwangerschaftstest.“ Darauf die andere: „Und, waren die Fragen schwer?“

Ich fragte Jutta und konnte mich vor Lachen nicht halten: „Hat sie den Test bestanden?“

Irgendwann gegen Morgengrauen schliefen wir endlich im Stall, auf einem Lager aus Stroh und eingerollt in eine Wolldecke, ein. Es war schon später Vormittag, als wir vom Kaffeegeruch geweckt wurden. Unsere Mutter betrat den Stall mit zwei großen Kaffeebechern. „Das Frühstück wartet auf euch in der Küche und die Tiere sind bereits versorgt.

Ihr habt geschlafen, wie die Murmeltiere. Euer Vater wollte euch schon auf die Schubkarre laden und euch im Garten ablegen.“

Wir tranken unseren Kaffee, grinsten uns an und beschlossen erst einmal zu duschen, bevor wir uns an den Frühstückstisch setzten. Unter dem warmen Strahl der Dusche musste ich wieder an Ralf denken, all die schönen Erinnerungen der letzten Stunden, mit ihm, waren wieder da. Ich fühlte mich so sehr zu ihm hingezogen und glaubte verliebt zu sein. Aber die Worte meiner Schwester gingen mir nicht aus dem Kopf. Ralf war der Freund von Bernd und vielleicht keinen Deut besser als er. Sie riet mir, ich solle Ralf vergessen?! *„Nein!“*, schrie meine innere Stimme und ich wusste, das wollte ich nicht. Insgeheim hoffte ich so sehr, er würde sich heute bei mir melden.

Ich beschloss, mit diesen positiven Gedanken den Tag gut gelaunt zu beginnen. In der Küche saß Jutta bereits am Frühstückstisch, ich gesellte mich zu ihr. Nach einem ausgiebigen Frühstück spürten wir die Strapazen der

Nacht, wir entschieden uns, den Tag mit einer Runde *Flegeln und Lesen auf der Couch* zu beginnen. Das Telefon klingelte.

Ich sprang auf, mein Herz begann zu rasen in der Hoffnung, Ralf könne am Apparat sein. Ich erreichte mein Ziel zu spät. Meine Mutter war schneller und hielt den Telefonhörer siegreich in die Luft.

Bis in die letzten Haarspitzen gespannt, wartete ich darauf, dass meine Mutter mir den Telefonhörer überreichte, weil ich ja hoffte, es sei Ralf.

Ein schnurloses Telefon gab es bei uns nur in den oberen Räumen. Wir hatten noch so ein altes Ding in Grün mit Wählscheibe. Als ich meine Mutter mit heller freundlicher Stimme sagen hörte: „Ach Isabel!", ließ ich mich enttäuscht zurück auf die Couch fallen. Dann hörte ich sie noch sagen: „Ja, nein, gar nicht – das ist eine gute Idee – da werden sich die beiden bestimmt freuen."

Ich stand wieder auf und sah meine Schwester mit großen Augen an und flüsterte: „Die will doch wohl nicht zu uns kommen?"

Jutta zog mich am Arm wieder herunter zu sich und fragte leise: „Wer ist denn am Telefon? Ich hab's gar nicht mitbekommen."

„Isabel", hauchte ich. Prompt verdrehte Jutta die Augen: „Oh Gott!" Isabel war unsere Cousine, eigentlich ganz nett, aber der absolute Stadtmensch, ausgestattet mit einem perfekten Body und leider auch mit zwei linken Händen.

Sie war schon häufig bei uns gewesen, um so, wie sie sagte, *Urlaub auf dem Land zu machen*. Und das sah dann meist so aus, jeden Abend gestylt in die City, um dann bis zum frühen Morgen in der Disco abzutanzen, schlafen bis zum Mittag, um sich anschließend über den Lärm, den die Kühe machten, wenn sie muhten, zu beschweren.

Vom sogenannten eigentlichen Landleben hatte sie nie viel mitbekommen. Sie wusste auch nach den unzähligen Besuchen bei uns nicht, wie ein Kuhstall von innen aussah. Für uns war ihr Besuch meist sehr anstrengend. Wir hatten ja auch selbst Schuld, wenn wir sie ab und an, trotz der vielen Arbeit und der unmenschlichen Aufstehzeiten, bei ihren Discobesuchen begleiten mussten.

Meine Mutter beendete das Telefonat mit den Worten: „Dann richten wir dir schon einmal das Fremdenzimmer her." Wir starrten unsere Mutter an, sie lachte: „Wenn ihr euch nun sehen könntet?", sie sperrte ihren Mund weit auf und äffte uns nach. Das sah ziemlich bescheuert aus. „Los, sag schon!", drängelten wir sie, uns vom Inhalt des Telefonates zu berichten. Sie streckte die Arme in die Luft und drehte ihre Hüften, wie eine Bauchtänzerin und sagte mit einem singenden Ton in der Stimme: „Isabelschen kommt uns besuchen. Für ein bis zwei Wochen. Heute Abend gegen sieben wird sie hier sein. Kommt, ihr könnt mir helfen, das Fremdenzimmer vorzubereiten.", dabei klatschte sie in die Hände.

Damit weckte sie Sams Aufmerksamkeit, weil er sonst mit dieser Geste von ihr aufgefordert wurde, mit ihr, Gassi zu gehen. Jetzt schaute er ziemlich traurig, als es nicht vor die Tür ging, sondern nur ins Gästezimmer.

Wir trotteten alle drei hinter unserer Mutter her. Vorwurfsvoll fragte ich sie. „Früher hast du uns noch gefragt, ob es uns recht sei, wenn Isabel zu uns kommen wollte, warum diesmal nicht?" „Oh, *liebe Gitti*, wenn du das Wort „früher" benutzt, da könnte man glauben, du seiest steinalt. „Früher", da hast du noch als Wunschzettel im Himmel an der Pinnwand gehangen. Oder als Quark im Schaufenster gelegen."

„Aha", lachten Jutta und ich. Im Gästezimmer angekommen legte Sam sich gleich vor das Bett. Von dort aus schaute er uns gelangweilt zu, wie wir das Gästezimmer für Isabel vorbereiteten. Gegen Abend begann unsere Mutter mit der aufwendigen Zubereitung für das Abendessen. Sie wollte etwas ganz besonders Leckeres für Isabelchen zaubern.

In der Küche duftete es mittlerweile schon sehr gut, da es aber neben Olivenöl und Knoblauch auch nach einem großen Abwasch roch, zogen Jutta und ich uns freiwillig in die Ställe zurück. Sogar Sam war dankbar, dass wir ihn mitnahmen.

Kapitel 6

Auf die Minute pünktlich fuhr ein Taxi auf unseren Hof. Neugierig schauten Jutta und ich aus der Stalltür. Wäre Isabel nicht so hübsch, dann hätte man denken können, wir bekämen ein neues Schweinchen. Ein knatsch enger rosafarbener Overall mit Glitzergürtel umhüllte ihren perfekten Körper.

Schwungvoll drehte sie sich zu uns um, ihre lange blonde Mähne wehte ihr um den Kopf.

Der Taxifahrer stellte drei Koffer auf unserem Hof ab. Sie zog elegant eine Geldbörse aus ihrer ebenfalls rosafarbenen Tasche, bezahlte den Taxifahrer und stöckelte mit ihren hohen Absätzen auf uns zu.

Auf ein „Los" von mir, stürzten wir auf sie zu und umarmten sie mit unseren dreckigen Stallklamotten. „Igitt! Pfui! Ihr stinkt! Lasst mich sofort los!", kreischte Isabell.

„Daran wirst du dich wohl gewöhnen müssen", erwiderten wir, wie aus einem Munde. Jede von uns trug einen Koffer ins Haus. Unsere Eltern begrüßten Isabel sehr herzlich. Auf die Bitte unserer Mutter, welche eher einem Befehl gleichkam, hüpften wir ein zweites Mal unter die Dusche.

Während der Mahlzeit erfuhr Isabel alle Neuigkeiten, die sich in der letzten Zeit bei uns ergeben hatten, und wir erfuhren von Isabel die neusten Entwicklungen. Sie berichtete, dass sie sich vor einer Woche von ihrem Freund getrennt habe.

„Ach!", staunte Jutta, „du bist nicht mehr mit Klaus zusammen?"

„Mit Klaus? Das mit dem liegt doch schon bis in die Steinzeit zurück. Mit dem bin ich doch schon lange nicht mehr zusammen. Der, mit dem ich grade Schluss gemacht habe, hieß Michael.", ohne ein einziges Mal Luft zu holen, setzte sie ihre Berichterstattung fort.

Ich verspürte ein Drücken in der Magengegend. *Ist das Abendessen daran schuld? Nein! Das war es nicht.*

Isabells Geschichten über missglückte Beziehungen ließen mich an meine momentane eigene Situation und somit wieder an Ralf denken. Ich hatte es den ganzen Nachmittag geschafft, mich abzulenken. Doch jetzt drehten wieder die Schmetterlinge ihre Runden in meinem Bauch. Und ich wusste nicht, wie ich deren Flugstunden darin abstellen konnte, vielleicht sollte ich einen Kaffee ohne Milch zu mir nehmen.

Ganz versunken in meinen Gedanken hörte ich nicht mehr, was gesprochen wurde. Bis Jutta mich mit ihrer Frage ins Geschehen zurückholte: „He, Gitti, was träumst du? Vergiss alles, was du gestern erlebt hast, wir gehen mit Isabel auf Männersuche, da finden wir bestimmt auch etwas für dich!"

„Ja, toll!", antwortete ich, ohne jegliche Emotion in der Stimme. „Ganz ehrlich, danach steht mir jetzt echt nicht der Sinn.", bei mir dachte ich: *Die Erntezeit steht vor der Tür, die viele Arbeit wird mich schon ablenken.* Zudem wartete ich insgeheim auf ein Zeichen von Ralf, aber ich hütete mich, Jutta davon zu erzählen.

Kurz vor Mitternacht fiel ich endlich in mein Bett. Ich schlief erstaunlich schnell ein. Um fünf Uhr ratterte mein Wecker. Schlaftrunken versetzte ich ihm mit der Rechten einen Schlag, mit der Linken zog ich mir die Bettdecke über den Kopf. Langsam tastete ich im Dunkeln nach meiner Nachttischlampe. *Oh, ist das hell*. Ich hüpfte aus dem Bett und zog schwungvoll die Jalousien hoch. Bestimmt hatte ich nun alle Familienmitglieder aufgeweckt.

Im Sommer fiel mir das Aufstehen leichter, als im Winter. Durch das geöffnete Fenster atmete ich den Duft des Sommers ein. Die Vögel sangen schon um die Wette.

Von der Pferdewiese stieg weicher Dunst auf. Unsere Islandpferde standen bis zu den Knien im Nebel und grasten friedlich.

Langsam wich der Nebel den Sonnenstrahlen. Für mich immer wieder ein Naturschauspiel, womit ich mich für das frühe Aufstehen belohnt sah. Ich atmete noch einmal tief ein. Beim Ausatmen flüsterte ich Ralfs Namen, so als wollte ich ihm einen Gruß schicken.

Ich wünschte mir so sehr, dass er sich heute bei mir melden würde. Auf dem Flur stieß ich mit Jutta zusammen, die noch völlig schlaftrunken den Weg zur Küche suchte. „Was machst du schon so früh auf den Beinen? Du musst doch erst um neun zur Arbeit?", fragte ich sie erstaunt. „Ich bin buchstäblich aus dem Bett gefallen, weil ich glaubte, unser Haus stürzt ein. Kann es sein, dass du deine Jalousien etwas zu temperamentvoll hochgezogen hast!", meckerte sie, während sie weiterschlurfte. „Ab morgen werde ich leiser sein, versprochen Schwesterchen", versicherte ich ihr.

Ich ging vor dem Frühstück in den Stall. Zuerst waren die Schweine an der Reihe. Ich mischte Futtermehl mit Wasser und füllte die Tröge, grunzend und quiekend kamen die Schweine an die Futtertröge, das Quieken verstummte und wurde durch ein lautes Schmatzen ersetzt.

Vom Schweinestall aus stiefelte ich weiter in den Kälberstall, dort standen drei Kälber, die ich mit dem Nuckel Eimer versorgen musste, dazu befestigte ich den Eimer am Gitter. Gierig begannen die Kälber die Milch aus der Vorrichtung zu saugen. Da es sich bei diesen Kälbchen um drei zukünftige Milchkühe handelte, kraulte ich jedes ein Weilchen hinter den Ohren, denn ich war der Meinung, wenn sie eine glückliche Kälberkindheit hatten, dann würden sie auch zu glücklichen Kühen heranwachsen.

Wie schon gesagt, war die Milch von glücklichen Kühen weitaus nahrhafter. Im nächsten Stall freuten sich die Muttertiere, mit ihren prallvollen Eutern, mich zu sehen.

Sie brachten mich in Verbindung mit der Linderung, die ihnen der Melkvorgang verschaffte, und das machte mich bei den Kühen so beliebt. Ich öffnete das Gatter zur Melkstation. Brav trotteten die Kühe hintereinander her. Jede auf ihren Platz. Ich verriegelte die Tür und gelangte in den Vorraum der Melkstation. Hier musste ich die Kleidung wechseln.

Beim Melken herrschte oberstes Reinheitsgebot. Somit desinfizierte ich meine Hände und putzte die Euter, bevor ich die Melkschläuche befestigte.

Danach hopste ich auf das Melkpodest und befestigte die Melkschläuche. Während des Melkvorganges kam Marie herein und startete ihren Arbeitstag. Sie war eine unserer Mitarbeiterinnen und zuständig für die Behandlung der Milch. Durch die Melkmaschine gelangte diese in einen großen Behälter. In diesem wurde die Milch auf 16 Grad herabgekühlt. Nach ein bis zwei Stunden erreichte sie dann eine Temperatur von vier

Grad. Durch diesen Prozess wurde die Milch keimfrei gemacht, und in sterile Flaschen abgefüllt.

Als Vorzugsmilch gelangt sie so an die Läden in der Umgebung. Das Besondere an der Vorzugsmilch war, dass diese nicht weiter behandelt wurde, somit enthielt sie noch alle wichtigen Inhaltsstoffe, die eine gesunde Milch ausmachten. Nach dem Melkvorgang waren die Kühe sehr entspannt und durften auf die Weide.

So sah mein erster Arbeitsabschnitt am Tage aus, danach hatte ich ein ordentliches Frühstück verdient. Meine Eltern waren auch da und wir besprachen, welche Arbeiten auf dem Hof Vorrang hatten, und erstellten nebenbei einen Plan mit der Aufteilung der anfallenden Arbeiten für unsere Mitarbeiter.

Da der Wetterbericht weitere regenfreie Tage angekündigt hatte, konnten wir mit dem Schneiden der Sommergerste beginnen, und die warmen Tage zum Trocknen des Heus zu nutzen. Zwei Helfer standen meinem Vater und mir zur Verfügung und so verbrachten wir die Zeit bis zum Mittag auf dem Feld.

Mein Vater fuhr den Mähdrescher. Ich begleitete ihn mit dem Trecker und zwei großen Anhängern. Der Mähdrescher sammelte das Korn, welches dann sofort auf einen Anhänger geblasen wurde. War einer der Anhänger voll, fuhr ich ihn zurück zu unserem Hof, wo das Getreide über eine Gebläse-Anlage in unsere Kornkammern über den Ställen befördert wurden. Um diesen Arbeitsablauf kümmerten sich die beiden Helfer. Somit stellte ich ihnen den gefüllten Anhänger bereit und fuhr mit einem leeren wieder auf das Feld.

Wir besaßen drei Felder, auf denen wir in diesem Jahr die Sommergerste angebaut hatten. Nach dem

Mittagessen nahm ich mir einen Kaffee, um auf unserer Terrasse zu pausieren. Isabel war auch schon wach. „Na, schon wach?", neckte ich sie. Sie war für ein Sonnenbad gekleidet. Auf meine Frage, ob sie nicht Lust hätte, auf dem Trecker mitzufahren, erwiderte sie: „Ach nö, dabei wird man nicht braun."

Das stimmte so zwar nicht, denn ich war auch schon braun geworden. Nur mit meiner nahtlosen Bräune vom Knöchel bis zum Oberschenkel und vom kleinen Finger bis zum Oberarm gab ich im Bikini stets eine witzige Figur ab. Ich konnte Isabel also verstehen. Vor ihr stand ein kleiner Teller, auf dem ein Toast mit Marmelade lag.

„Sag mal, Isabel, bist du sicher, dass du gesund bist? Oder hast du Angst die Übersicht auf deinem Teller zu verlieren?" „Nein!", sagte sie schnippisch, „stell dir vor, Cousinchen, das ist sogar mein Frühstück und mein Mittagessen!"

„Wie kommst du mit so wenig Nahrung über den Tag? Ich frühstücke an manchen Tagen sogar zweimal. Auch könnte ich mittags nicht auf eine warme Mahlzeit verzichten."

„Tja, der eine so, der andere so, ich meine, du bist ja jetzt noch nicht dick, aber deine Muskeln wollte ich auch nicht haben!"

„Päpäpä!", sagte ich und verschwieg, dass ich am Nachmittag sogar eine weitere Brotzeit, die manchmal auch aus Kuchen bestand, zu mir nahm. Am Abend nach getaner Arbeit hatte ich wieder großen Appetit. Wer, wie ich den ganzen Tag an der frischen Luft war und dazu noch arbeitete, der brauchte eben auch einiges an Kalorien.

Heute war ich nach meiner Pause auf der Terrasse sehr müde und legte mich noch für einen Moment auf die Couch. Als ich gerade eingenickt war, klingelte das Telefon. Wütend darüber, dass jemand meine Mittagsruhe störte, stand ich auf, um das Gespräch entgegenzunehmen. „Gitti Neuhaus", sagte ich genervt. Ich hätte auch genauso gut, sagen können, „wer stört!", so unfreundlich musste es für den Anrufer geklungen haben. Ein Blitz durchfuhr mich, als ich hörte wer am anderen Ende der Leitung versuchte mich zu sprechen.

Verlegen strich ich mir durch die Locken, als könnte man am anderen Ende der Leitung sehen, dass ich nicht gekämmt war. „Hey Gitti, Ralf hier, wie geht es dir? Warum bist du am Samstag einfach abgehauen?"

Ich stotterte, als ich nach dem dritten Versuch, irgendetwas zu sagen, wieder scheiterte, ergriff Ralf das Wort erneut: „Ich weiß, Bernd hat sich nicht korrekt verhalten ..."

Der Satz war nun Auslöser dafür, dass mein Kloß im Hals augenblicklich verschwunden war und somit fiel ich Ralf ins Wort. „Nicht korrekt! Du hast echt eine tolle Art, die Gemeinheiten deines Freundes zu verniedlichen.

Gegenfrage, was war mit dir? Musstest du mit ihm rausgehen und mich, wie deppert da allein zurücklassen? Falls du ihm eine Abreibung erteilt haben solltest, dann hätte ich das gerne mitbekommen. Wir kennen uns noch nicht lange, fast gar nicht, da kann ich wohl nicht davon ausgehen, dass du Partei für mich ergreifst? Also, was glaubst du, sollte ich denken!? Oder hattest du Angst, er könnte dir die Freundschaft kündigen? Muss ja ein toller Hecht sein, dein Bernd?!"

Ich biss mir auf die Unterlippe und dachte: *Oh, Schiet, was kommt nun? Das war bestimmt zu viel für Ralf.*

Zu meinem Erstaunen sagte er sehr nüchtern, aber bestimmt: „Gitti, ich kann dir nur sagen, es tut mir echt leid. Ich habe mit ihm gesprochen und als ich zurückkam, bist du schon fort gewesen. Ich bin dann auch gleich heimgefahren. Wollen wir uns noch einmal treffen und darüber reden? Am Telefon finde ich nie die richtigen Worte, außerdem ist's blöd, weil ich dir dabei nicht in die Augen schauen kann."

„Klar", sagte ich sofort, und hoffte, er hatte die kindliche Freude in meiner Stimme überhört. „Wann?", fragte ich schnell, aber neutraler hinterher.

„Am Wochenende?", schlug er vor.

Am Wochenende! Hey, heute ist Montag, spinnt der, glaubt er wirklich, ich will so lange warten, dachte ich. Ganz schnell musste mir etwas einfallen, damit ich ihn eher wiedersehen konnte. Am liebsten hätte ich gesagt, gleich heute. Wenn ich ihn ein wenig schmoren ließ, könnte es ja nicht schaden. Mit einem schmollenden Tonfall sagte ich: „Am Wochenende kann ich nicht, wir fahren in dieser Woche die Gerste ein und am Wochenende wird dann das Heu gepresst."

„Soll ich dich in der Woche einmal besuchen?", fragte er. Es schien, als hätte er es auch eilig, mich wiederzusehen.

„Nein!", rief ich, ich wollte ihn unbedingt alleine treffen und nicht gleich meinen Eltern vorstellen. Ich suchte schnell nach einer Lösung. „Wir können uns im Peanuts treffen."

Freudig antwortete er: „Fein, wir müssen nur schon früh dort sein, sonst bekommen wir keinen Platz im

Biergarten. Wann passt es dir denn am besten diese Woche?"

Da ich ihn ja ein wenig schmoren lassen wollte, antwortete ich ganz spontan: „Morgen, sagen wir um acht!?"

„Okay, dann bis morgen, ich freue mich", sagte Ralf schnell und verabschiedete sich. Ich legte den Hörer mit zittrigen Händen wieder auf die Telefongabel zurück. Mein Gesicht brannte, wie Feuer. Auf dem Weg in die Küche wagte ich einen Blick in den Flurspiegel. Ich war knallrot. *Oh man, Gitti, musst du immer rot werden? Woher kommt das nun wieder? Ist es die Aufregung? Ach Quatsch, ich habe bestimmt schon einen Sonnenbrand, schließlich bin ich ja schon den ganzen Tag auf dem Feld. Oder kommt es von der Müdigkeit?* Obwohl, von der fehlte jetzt allerdings jede Spur. Ich schaute unter den Schrank und sprach mit mir selbst: „Müdigkeit, wo bist du? Hast du dich versteckt? Gleich auf dem Trecker kann ich dich nicht gebrauchen, denk daran. Die Müdigkeit antwortete (*gesprochen natürlich von mir, mit verstellter Stimme*): „Ich gehe für heute. Ralf hat mich verscheucht und darum nehme ich mir jetzt freihei!"

„Guhut, schönen Tach auch", antwortete ich meiner Müdigkeit.

Sam kam auf mich zu und sabberte mir ins Gesicht. Er fühlte sich durch mein soeben geführtes Selbstgespräch wohl angesprochen oder motiviert, weil er das Wort „Trecker" vernommen hatte. Vielleicht glaubte er, ich würde ihn zum Spielen auffordern, weil ich so auf dem Fußboden herumrutschte. „Oh man, Sam, du blöder Köter!", schrie ich und wischte mir den Sabber aus dem Gesicht. Im Grunde hatte er ja recht, was lag ich hier auch auf Knien und spielte allein, wo ich ihn doch hatte, traurig saß er jetzt vor mir und wartete auf das nächste Kommando von mir. Er war echt zum Knuddeln und so rubbelte ich ihm die Ohren und fragte ihn: „Na Dicker, willst du mit mir Trecker fahren?", und noch einmal forderte ich ihn mit dunkler Stimme auf: „Möchtest du Trecker fahren", da sprang er auf, wedelte mit dem Schwanz und machte sich auf den Weg Richtung Trecker.

Dort verbrachte ich zusammen mit Sam die restliche Zeit bis zum Abend. Wegen der vielen Arbeit musste sogar der Nachmittagskaffee ausfallen. Abends um halb acht war dann endlich auch, bis auf ein Anhänger, unserer Gerste auf dem Getreideboden. Es stimmte mich zufrieden, einen Teil der Ernte schon sicher eingefahren zu haben. Das war nicht immer so, in den letzten Jahren war es schon vorgekommen, dass ein Regenschauer unsere Arbeit unterbrochen und teilweise sogar vernichtet hatte. Nachdem wir den Arbeitsplan für den nächsten Tag bekannt gaben, zog ich mich zurück. Sam folgte mir auf Schritt und Tritt, dann ließ er sich auf die Terrasse plumpsen. Er war so müde, dass er versuchte, im Liegen aus seinem Trog zu trinken, dann rollte er sich auf die Seite, streckt alle viere von sich und schlief sofort ein.

Jutta saß auf der Terrasse. Sie las in einer Fachzeitschrift, schaute unter den Tisch und fragte: „Was hast du denn mit dem Hund gemacht?" Ich kam ihr so nah, als wollte ich sie küssen, und sagte schelmisch mit tiefer Stimme: „Er ist auf dem Trecker mitgefahren!"

„Du bist bescheuert", stellte sie fest und machte eine Handbewegung, als wollte sie eine lästige Fliege verjagen.

Ich setzte mich mit meinem Cappuccino zu ihr. Mit prüfendem Blick fragte sie: „Na, haste den Ralf schon vergessen?" Ich verdrehte die Augen: „Ja, bis du ihn erwähnt hast!" In diesem Moment kam Isabel um die Ecke. „Aha", sagte sie, „er hat dich doch heute Mittag angerufen."

An Jutta gewandt sprach sie weiter: „Stell dir vor, danach hat deine Schwester die Müdigkeit unter dem Schrank gesucht und Selbstgespräche geführt."

„Isabel, woher weißt du ...?", fragte ich und konnte den Satz nicht beenden, da Jutta mich unterbrach.

„Ach nein, erzähl mal!" Schüchtern senkte ich den Kopf: „Wir treffen uns morgen, wir wollen noch einmal reden."

„Äh", stöhnte Jutta, „noch mal reden. Tja, dann vergisst du ihn eben nicht. Auch schön, wann lernen wir ihn dann kennen?"

„Das weiß ich doch jetzt noch nicht, erst einmal möchte ICH ihn kennenlernen!"

Jetzt mischte sich meine Mutter, die gerade die Terrasse betrat ein: „Glaubt mir, richtig kennen tut man seinen Partner eh nie, denn es gibt immer wieder Situationen, in denen man sagt, so kenne ich dich noch gar nicht."

„Sag bloß Mama! Oh man, kriegt hier denn jeder alles mit! Reicht es denn nicht, dass der Hund mich bei meinen Selbstgesprächen erwischt hat."

Meine Mutter wechselte das Thema, musterte wohlwollend Isabels Outfit. „Willst du noch ausgehen, Isabel?"

Ich dachte bei mir: *Die sieht doch schon gleich nach dem Aufstehen so aus und morgens geht sie ja auch nicht in die Disco, also hat das Outfit hier nichts zu bedeuten.*

„Ja", sagte sie zu meinem Erstaunen, „ich möchte noch in die Disco, habt ihr zwei Lust mitzukommen?"

„Au ja fein!", rief Jutta, „ich ziehe mir schnell etwas Passendes an."

Ich machte keine Anstalten, mich aus dem Stuhl zu erheben, gähnend erwiderte ich: „Nein danke, ich gehe lieber schlafen."

„Ach ja", sagte Isabel zänkisch, „du musst dir deine Kräfte für die morgige Verabredung aufbewahren."

Jetzt wusste ich auch wieder, warum ich Isabel nicht so sehr mochte. Neuigkeiten sollte man ihr nur mitteilen, wenn man ohnehin vorhatte, diese in der Zeitung zu veröffentlichen. Meine Mutter schaute mich jetzt an, als hätte ich vergessen, ihr etwas zu sagen. Verlegen nahm ich den letzten Schluck Cappuccino, winkte ab und tippte mir mit dem Finger an die Stirn. Isabel machte auf dem Absatz kehrt. „Ja, geh dir die Pobäckchen pudern und den Lidstrich nachziehen!", rief ich ihr spaßig hinterher. An meine Mutter gewandt reckte ich mich, gab ihr ein Küsschen auf die Wange. „Ich gehe schlafen, bin so müde."

Kapitel 7

Wie gewohnt um fünf Uhr morgens machte ich mich an die Arbeit. Während meines ersten Frühstücks bekam ich keinen Bissen herunter. Also machte ich mich vergnügt, mit der Vorfreude auf die heutige Verabredung mit Ralf, an die Arbeit.

Vorsichtshalber warnte ich meinen Vater schon einmal vor, dass ich auf jeden Fall um 19.00 Uhr meine Arbeit auf den Feldern beenden musste. Wir erledigten an diesem Tag auch nur den Auftrag eines Nachbarn, dieser hatte zwei sehr große Felder, auf denen die Sommergerste geschnitten werden musste. Die beiden Helfer waren schon voll mit im Einsatz.

Erst brachten wir die großen Maschinen zum Hof des Bauern, richteten vor Ort das Gebläse ein, währenddessen erhielten wir von meinem Vater die Meldung über einen Kitz Fund. An unserem Mähdrescher hatten wir zur Sicherheit eine Infrarotkamera befestigt. Diese zeigte an, wenn sich in der Umgebung von drei Metern ein Lebewesen aufhielt. Durch diese Einrichtung hatten wir schon vielen Kitzen das Leben retten können. Das Kitz wickelte ich in eine saubere Decke, da der Geruch meiner bloßen Hände das Muttertier hätte abschrecken können, und trug es aus seinem Versteck. Ich legte das Kitz behutsam in das hohe Gras auf einer nahen gelegenen Wiese. Hier schrie es so laut, wie ein kleines Kind. Schon bald kam das Muttertier und so war das Kleine wieder in Sicherheit.

Als ich am Mittag in die Küche kam, saß Isabel vor einem Teller, mit einer Kartoffel und einem Tropfen Soße.

„Das sieht ja wieder übersichtlich aus, Isabel, langsam habe ich Angst, du könntest verhungern.", währenddessen packte ich mir sechs Kartoffeln auf meinen Teller, schließlich hatte ich, nachdem ich beim ersten Frühstück schon nicht essen konnte, mein zweites Frühstück auch ausgelassen und jetzt hatte ich Hunger. Isabel schaute auf meinen Teller und fragte erstaunt: „Wie kannst du so viel essen, Gitti? Wo lässt du das alles? Deiner Figur sieht man die Mengen, die du verdrückst, ehrlich nicht an. Ich würde auseinandergehen, wie ein Hefekuchen, wenn ich ständig so viel in mich hineinschaufeln würde."

„Tja, ich bin so schlank, weil ich meinen Kalorien hinterherlaufen muss, damit ich genug davon habe, um bei Kräften zu bleiben. Die frische Landluft und die harte körperliche Arbeit sorgen dafür, dass ich alles wieder verbrenne!", sagte ich triumphierend.

„Na", sagte sie „ich suche mir trotzdem lieber eine Arbeit, bei der ich nur denken und vielleicht mal meinen Schreibtischstuhl von a nach b schieben muss."

„Eine denkende Tätigkeit? Isabel, hast du mal in den Spiegel geschaut?", sagte ich neckisch mit vollem Mund.

„Nö, wieso? Was hat denn eine denkende Tätigkeit jetzt wieder mit einem Spiegel zu tun?", fragte sie beleidigt.

„Du bist blond", erwiderte ich trocken.

„Haha, du wieder", sagte sie, als hätte man sie bei etwas ertappt. Ihr Gesichtsausdruck entlockte nun allen am Tisch ein herzhaftes Lachen. „Papa, ich schnappe mir nach dem Essen noch schnell den Heuwender und lege unser Heu in Schlagen, danach komme ich zu dir aufs Feld."

„Klar, mach das, ich denke mal, das Heu wird auch gut trocknen."

Ich schnappte mir den kleinen Trecker, hängte den Heuwender dahinter und legte das Heu auf unseren Feldern in Schlagen. Kurz nach sechs wiederholte ich den Vorgang noch einmal. Für die Nacht lag somit das trockene Heu unten und musste am nächsten Tag erst wieder kurz vor Mittag gewendet werden. So, wie es aussah, war es gut möglich, dass wir das Heu schon am Samstag pressen konnten.

Auf dem Rückweg vom Feld, hielt ich bei Carola und Michael an. Sie saßen im Garten und freuten sich mich zu sehen. Ich setzte mich und trank ein Glas Wasser. „Ich kann nicht lange bleiben, ich wollte nur fragen, ob ihr an diesem Wochenende Zeit und Lust habt, uns bei der Heuernte zu helfen?"

„Klar helfen wir!", antworteten beide gleichzeitig, „wir haben eh schon viel zu lang nichts mehr zusammen gemacht!", sagte Carola. Die zwei bewohnten das neue Haus, welches vor drei Jahren, als Altenteil auf dem Hof, der Carolas Eltern gehörte, angebaut worden war. Die Landwirtschaft auf dem Hof wurde von Carolas Bruder betrieben. Seit unserer Kindheit waren sie und ich befreundet. Im letzten Jahr hatte sie Michael geheiratet und auch er, war für mich mittlerweile ein guter Freund geworden. Da ich Jens, ein weiterer Freund aus der Nachbarschaft, auch noch bitten wollte, uns zu helfen, verabschiedete ich mich.

Jens war zu Hause, sein Auto stand auf dem Hof, sein Vater winkte mir von seinem Trecker aus zu und zeigte mit dem Finger auf den Kuhstall. Anscheinend wusste er, dass ich Jens suchte. Er war früher mit mir zur Schule gegangen. Von der ersten bis zur vierten Klasse und wir waren immer noch befreundet. Während der Schlachtsaison half er bei uns aus, damit konnte er sein Geld für das Studium aufbessern.

Er studiert Ökotrophologie. Als ich ihn im Kuhstall antraf, hüpfte er mir entgegen und umarmte mich herzlich mit den Worten: „Gitti Maus, wir haben uns ja eine Ewigkeit nicht gesehen!" Auch er versprach mir, uns am Wochenende, bei der Heuernte zu unterstützen und wollte zur Verstärkung unseres Teams seine Freundin Britta mitbringen. Ich verabschiedete mich schnell, weil ich die Uhr nicht im Blick hatte. Es war schon nach sieben, als ich auf unseren Hof knatterte.

Auf meinem Weg ins Haus überlegte ich, welche Garderobe heute Abend wohl angebracht war. Die Hitze hatte sich noch kein Plätzchen für die Nacht gesucht. Sie lag einfach so in der Luft. Ein Kleidchen mit Spagettiträgern konnte ich wohl wegen meiner nahtlosen Bräune von meiner Garderobenliste streichen. Ich schlüpfte nach der Dusche in meine ausgeblichene Jeans, in ein T-Shirt und wählte Turnschuhe. Schnell warf ich einen letzten Blick auf die Uhr: „Du kommst zu spät Gitti!", schimpfte ich mit mir. Hastig stürzte ich aus dem Haus. Bevor ich in mein Auto stieg, rief ich zur Terrasse herüber. „Tschau, ihr Lieben!"

Ich suchte mir die passende Musik heraus, dann rauschte ich vom Hof und spürte, wie sehr ich mich freute, Ralf nun doch wiedersehen zu können.

Als ich den Biergarten erreichte, schaute ich mich um. Ralf entdeckte mich zuerst. „Gitti!", rief er. Während ich ihn erblickte, durchfuhr mich ein Blitz. Ich dachte: *Oh man, sieht er gut aus.* Ich konnte meinen Blick nicht von ihm lassen und so ging ich schnurstracks auf ihn zu. Dabei übersah ich einen Stuhl. Stolpernd konnte ich gerade noch verhindern, dass der Stuhl und ich am Boden lagen. Ich spürte, wie die Röte langsam an meinem Hals bis in mein Gesicht aufstieg. *Oh man, ist das peinlich,* dachte ich und biss mir verlegen auf die Lippe.

Endlich bei Ralf angekommen, setzte ich mich schnell, um nicht Gefahr zu laufen, weitere Gegenstände umzuwerfen. Ich dachte immer, ich allein besäße die Fähigkeit schlagfertig zu sein, aber Ralf war da nicht minder begabt. Das war mir klar, als er sagte: „Gitti, dass du umwerfend bist, weiß ich, dass brauchtest du jetzt nicht noch mal demonstrieren. Oder wolltest du dir nur einen Stuhl mitbringen? Aber schau, du brauchst keinen eigenen, ich habe dir einen frei gehalten", und im selben Atemzug fragte er: „Hast du einen Sonnenbrand im Gesicht?"

Ich ließ ihn in diesem Glauben. „Was möchtest du trinken? Ich lade dich ein."

Da war wieder dieses Lachen, seine weißen Zähne blitzten auf. Das Kribbeln in meinem Bauch wollte einfach nicht weichen. „Eine Apfelschorle", stotterte ich, dass man bei zwei Worten stottern konnte, war mir unbegreiflich. Ich gab mir gedanklich einen Befehl: *So, Gitti, reiß dich zusammen, sonst versaust du dir noch den ganzen Abend!*

Wir tranken verlegen einen großen Schluck und schauten uns danach tief in die Augen. Ralf schien gemerkt zu haben, dass ich nicht wusste, was ich sagen sollte. Stattdessen meldete sich mein Kopfkino, Film ab. *Warum haben wir uns nicht gleich geküsst? Wir haben uns zur Begrüßung nicht einmal umarmt. Hat er nun doch kein*

Interesse an mir und sich nur, um mir das mitzuteilen, mit mir verabredet? Auch jetzt wieder befehle ich mir ‚Stopp! Nicht denken, anwesend sein und handeln!

Ralf begann vorsichtig zu reden: „Gitti, seit Samstag musste ich jede freie Minute an dich denken. Zu Bernd möchte ich mich nicht äußern, das ist seine Sache. Auch entschuldigen kann ich mich nicht für ihn. Nur eines möchte ich dir sagen, mir tut es leid, wie ich mich verhalten habe, als ich dich hab stehen lassen. Aber ich habe mich auch in dich verliebt und möchte dich hiermit fragen, ob du dir vorstellen kannst, dass wir zwei ein Paar werden?" Mit diesen Worten rutschte er mit seinem Stuhl ganz dicht an mich heran, er hätte sich auch gleich auf meinen Schoß setzen können.

Nun beschloss ich, die Initiative zu ergreifen, bevor er mich wieder zurückließ, nahm sein Gesicht in meine Hände und küsste ihn. Erstaunt wich er zurück und blickte mich an: „Heißt das, du sagst Ja?"

„Ja!", grinste ich „zudem weiß ich, wie viel du reden kannst, aber wozu immer viele Worte machen, das geht doch so viel schneller."

Eine Weile saßen wir nun so voreinander und schauten uns tief in die Augen, bevor wir uns wieder küssten.

Wir bemerkten nicht, wie sich das Peanuts langsam mit Besuchern füllte.

Die Bedienung kam an unseren Tisch, grinsend nahm sie unsere Bestellung auf.

Wir redeten über Vielerlei, wie zum Beispiel über unsere Kindheit, Geschwister, Eltern, Berufe und über unsere Freunde.

Irgendwann sprachen wir dann doch auch über Bernd. Ich teilte ihm mit, was Conny mir über Bernd erzählt hatte, und dass es mir schwerfallen würde zu glauben, dass Ralf und Bernd befreundet waren. Ralf sagte mir, Bernd sei gar nicht so übel, und dass er nur, um anzugeben, vorgebe ständig die Freundin zu wechseln, dabei wussten alle, dass er bei seinen Geschichten ganz schön auf den Putz haue und man ihm nur die Hälfte von dem Erzählten glauben dürfe.

Vor einem Jahr sei er noch ganz anders gewesen. Da hätte er eine Freundin gehabt, an der er sehr hing. Sie habe die Beziehung zu Bernd aus heiterem Himmel wegen eines anderen beendet. Ralf meinte, das habe Bernd sehr verletzt und seitdem sei er verändert.

Ralf war aber fest davon überzeugt, wenn Bernd sich wieder verlieben würde, so richtig, dann wäre er wieder der Alte. Das hofften und wünschten sich all seine Freunde.

Mürrisch äußerte ich mich: „Trotzdem hätte ich Bedenken, mit dir zu deinen Freunden zu fahren, wenn ich wüsste, Bernd wäre auch dort."

„Ja, das kann ich verstehen", sagte er mit einem Lachen, „sollte er dich noch einmal beleidigen, dann kündige ich ihm die Freundschaft. Jetzt möchte ich nicht mehr über ihn sprechen und hierbleiben möchte ich auch nicht. Ich will jetzt mit dir alleine sein."

Meine Knie zitterten, aber ich konnte mich aus dem Stuhl erheben. Wir stiegen in mein Auto. „Wo soll es denn hingehen? Laughing man?" (Lachender Mann.)

„Dorthin, wo uns niemand beim Küssen zuschaut, blonde bombshell" (Blondes Gift.)

„Okay, dann entführe ich dich jetzt an ein stilles Plätzchen", sagte ich mit einem gruseligen Unterton.

„Stilles Plätzchen ist, so hoffe ich, für dich nicht das Gleiche, wie ein stilles Örtchen."

Mit unveränderter Stimme antwortete ich: „Lass dich *übergeraschen*, auf dem Örtchen spreche ich mit dir nur ein ernstes Wörtchen, nur im Dunkel und in der Nacht, lässt sich's munkeln und ist's sicher, dass uns niemand *beobacht*."

Unsere Stimmung war so gut, dass wir die Oldies, die sie im Radio rauf und runter spielten, laut mitsangen. An den Stellen, an denen wir den Text nicht kannten, setzten wir stattdessen ein Lalala ein. Ich parkte den Wagen in der Nähe eines abgelegenen Sees. Mit einem Griff auf die Rückbank zog ich eine Wolldecke hervor. Wir tollten hinunter bis zum See, breiteten die Decke aus, alberten herum, wie kleine Kinder und spielten Fangen.

Völlig aus der Puste fielen wir nebeneinander auf die Decke. Ralf tastete nach meiner Hand, für einen Moment lagen wir so da, auf dem Rücken und schauten schwer atmend in den Sternenhimmel. Wir waren die einzigen Besucher hier am See. Wer sollte sich auch schon um diese Uhrzeit hierher verirren. Ein paar Vögel gaben einen letzten Kommentar von sich. Dann wurde es ganz still, wir hörten nur unseren Atem.

Ich drehte mich zu Ralf und betrachtete ihn von der Seite. Nun drehte auch er sich zu mir, mit der Hand streichelte er zuerst mein Gesicht und dann meine Schläfen, fuhr mit seinen Fingern durch mein Haar. Nahm sanft meinen Hinterkopf und zog ihn an sich, um mich zu küssen.

Der Kuss war leidenschaftlich. Ralf beugte sich über mich. Fasste meine Hände und legt sie über meinen Kopf, ließ dabei aber nicht von meinen Lippen ab. Nun wurde mein Atem wieder schneller. Er streichelte mich am ganzen Körper. Unter seinen zärtlichen Händen glaubte ich zu schmelzen. Wir kannten uns noch nicht lange. Für einen Moment suchten mich Zweifel heim. Diese Gefühle entstanden wohl aus der ewigen vorgebeteten Moral. Meine Gedanken lauteten ungefähr so: *Ihr kennt euch noch nicht so lange, das gehört sich nicht, was, wenn er dich nur einmal flachlegen will?*

Na ja, mir war das grad echt egal und ich entschied, Ralf und ich wir kannten uns nun lange genug, also her mit dem Jungen.

Meine Leidenschaft hatte mir für einen Moment die Sicht auf meine Umgebung genommen. Nachdem ich mich ein wenig gesammelt hatte und aus meinem Liebesspiel auftauchte, stand der Mond schon über uns. Wir hatten jegliches Gefühl für Zeit verloren.

„Mir ist kalt", flüsterte ich. Ralf sprang sofort auf und sammelte meine Kleider ein. Wir saßen noch bis zum Morgengrauen eng umschlungen am See. Ich hatte mir in dem Moment gewünscht, ich könnte die Zeit anhalten.

Plötzlich dachte ich an unsere Kälber. Mit Blick auf die Uhr fuhr ich erschrocken auf. „Waaas, es ist schon vier Uhr! Um fünf muss ich die Tiere füttern."

„Schade, ich könnte noch ewig mit dir hier sitzen", dann küsste er mich noch ein letztes Mal zärtlich. Er scheuchte damit all meine Schmetterlinge in meinem Bauch auf und sie verursachten ein riesen Spektakel. Ich fuhr Ralf zu seinem Wagen, der noch am Peanuts stand.

Unser Abschied dauerte eine Weile, wir konnten uns nicht voneinander losreißen.

Bis Ralf endlich sagte: „So, ich fahre jetzt, sonst wachsen wir noch aneinander fest. Darf ich dich zu Hause besuchen? Ich kann dir helfen am Wochenende, wenn ihr das Heu reinbringt. Wenn dir das recht wäre?"

„Die Idee ist gut, so kannst du ganz ungezwungen meine Freunde und meine Familie kennenlernen. Ich rufe dich noch an, okay!?"

„Das will ich hoffen", mit diesen Worten küsste er mich durch das geöffnete Fenster. Meine Wangen glühten, mein Herz klopfte angenehm, im Bauch kreisten die Schmetterlinge und von Müdigkeit fehlte jede Spur. Noch wusste ich nicht, wie ich den Tag überstehen sollte, so ganz ohne Schlaf, ohne Ralf und bei der vielen Arbeit konnte ich mich auch nicht einfach so zurückziehen.

Zuerst kümmerte ich mich um die Kühe und Kälber. Als ich dann zum ersten Frühstück in die Küche kam, traf ich nur meine Mutter an. „Ist noch keiner wach?"

„Doch ich, wie du siehst. Wie war dein Abend?", fragte sie ganz beiläufig. Dabei wusste ich genau, wie sie darauf brannte, Einzelheiten zu erfahren. Sie hatte bestimmt gemerkt, dass ich leicht errötete. Denn sie hakte nicht weiter nach. Ich konnte ihre Enttäuschung darüber förmlich spüren, dass sie mir jetzt keine Details meines letzten Abends entlocken konnte. Sie kannte mich und wusste auch, sie brauchte nur etwas Geduld, bis ich ihr von ganz allein meine Geschichte erzählen würde.

Kapitel 8

Auch der Tag darauf, es war bereits Donnerstag, war mit Arbeit so ausgefüllt, dass ich kaum Zeit hatte, an Ralf zu denken.

Jutta traf ich nur kurz am Abend, bevor sie mit Isabel ausgehen wollte, das machten sie nun jeden Abend. Sie fragte mich nicht einmal, wie mein Treffen mit Ralf verlaufen war. Gerne hätte ich mich ihr anvertraut.

Am Donnerstagabend telefonierte ich lange mit Ralf. Ich sagte ihm, dass wir schon am Freitagnachmittag anfangen wollten, das Heu zu pressen. Da er uns nur am Samstag helfen konnte, verabredeten wir uns für acht Uhr am Samstagmorgen. Nach dem Telefonat spürte ich, wie sehr er mir heute schon fehlte und die Zeit bis Samstag war noch sehr lang.

Am Freitagmorgen saß ich mit meinen Eltern allein am Frühstückstisch. Ich erzählte ihnen, dass wir am Samstag eine weitere Person zur Unterstützung der Heuernte erwarten dürften. Sie überschütteten mich mit Fragen zu Ralfs Person. Meine Mutter fragte mich, was er gerne esse. Ich kannte sie gut genug, sie wollte wieder einmal ihr *Gaumenverwöhnprogramm* anwenden.

Ich malte mir aus, wie sie am Tisch vor allen anderen Ralf erklärte, dass sie das alles aufgefahren hatte, weil ich ihr erzählt hätte, was er gerne mochte. Und ich sah sie schon, wie sie, wie ein Geier neben ihm saß, um festzustellen, ob sie seinen Geschmack auch wirklich getroffen hatte. In solchen Momenten musste ich aufpassen, was ich ihr erzählte, denn alles konnte später gegen mich verwendet werden.

Also sagte ich: „Das habe ich noch nicht herausbekommen, aber ich denke, er ist erwachsen genug und mag das, was alle mögen, du musst ihn auch nicht gleich verwöhnen."

Mein Vater mischte sich nun ein und gab mir in diesem Punkt recht. Er schlug meiner Mutter vor, dass auch er einmal wieder einen Gaumenwunsch äußern dürfe, weil ja auch er sich gern einmal wieder verwöhnen lassen wolle. „Ha!", sagte meine Mutter, „du bist gut, wenn ich deine Wünsche erfülle, stehe ich ja Stunden am Herd! Ich lade dich stattdessen einmal zum Essen ein."

Mein Vater machte ein langes Gesicht. „Was soll ich noch alles machen, damit auch ich einmal einen Wunsch erfüllt bekomme?"

„Auf Weihnachten warten", sagte meine Mutter frech. Die Fähigkeit der Schlagfertigkeit hatte ich wohl von ihr geerbt. Mein Vater grinste, küsste sie auf die Wange und verließ achselzuckend die Küche. Bei meinem Vater hatte Ralf schon einen Pluspunkt machen können. Die Tatsache, dass Ralf einen Handwerksberuf ausübte, begrüßte er.

Ich war einmal mit einem Musikstudenten zusammen gewesen, der hatte zwar schöne Hände, aber wie man im Sprachgebrauch so sagte, hatte er zwei linke Hände.

Allerdings benutzte er beide Hände, um Klavier zu spielen und da merkte man deutlich, dass das mit den zwei linken Händen nicht so recht stimmte. Sein handwerkliches Geschick ließ zu wünschen übrig, das merkte ich auch bald. Eines Nachmittags saßen wir im Garten, meine Mutter bat uns, mit dem Fuchsschwanz ein paar Äste zu kürzen. Er wusste nicht einmal, wie man diese Säge bediente. Mein Vater schüttelte derzeit nur den Kopf und er schaffte es tatsächlich, mir diese Liebschaft auszureden. Bei jeder neuen Beziehung achtete ich von nun an darauf, dass mein Freund handwerkliches Geschick mitbrachte.

Jetzt, nachdem ich ihnen von Ralf erzählt hatte, freuten sich meine Eltern sichtlich für mich.

Und ich war froh darüber, dass ich ihnen endlich von Ralf erzählt hatte. Glücklich über den Gesprächsverlauf mit meinen Eltern ging ich freudig meiner Arbeit nach.

Kapitel 9

Am Freitagnachmittag kamen Britta und Jens mit Carola und Michael. Sie sprangen mir entgegen und freuten sich auf ein gemeinsames Arbeitswochenende. Kein Wunder, meine Mutter hatte ihnen gleich angekündigt, dass sie gutes Essen bekämen und selbst gebackenen Kuchen.

In jedem Jahr, nachdem das Heu eingefahren war, veranstalteten wir für alle Helfer eine Scheunenfete. Die Fete sollte auch in diesem Jahr stattfinden und darauf freuten wir uns. Mein Vater begrüßte meine Freunde und teilte jedem seinen Platz und die damit verbundenen Aufgaben mit.

„Carola und Michael, ihr haltet die Stellung auf dem Dachboden."

Jens prustete seinen Kaffee vor Lachen heraus, ich habe erst viel später (auf dem Trecker) begriffen, warum er so gelacht hatte. Mein Vater hatte es gar nicht verstanden, das war gut so. „Jens, du kommst mit auf den Wagen, das hast du im letzten Jahr so gut gemacht. Britta und Jutta laden das Heu ab. Gitti fährt die Wagen hin und her und hilft euch beim Abladen."

In diesem Moment kam Isabel heran. Ich konnte meinem Vater ansehen, dass er etwas ausheckte, um Isabel zu schocken.

Dann rief er auch schon listig: „Ach Isabelschen, wir haben ja noch keine Arbeit für dich. Kannst du die Kühe füttern, wir haben so viel zu tun?"

Isabel schaute angewidert, vielleicht ekelte sie der Gedanke, sie könne in einen Kuhfladen treten, und flehte meinen Vater an: „Bitte, lieber Onkel, tu mir das nicht an!" Wir lachten laut los. Mein Vater beruhigte Isabel schnell wieder, weil er merkte, wie sehr sie hoffte, dass er das nicht ernst gemeint habe.

Also sagte er: „Das war ein Scherz! In den Kuhstall brauchst du nicht. Ich hätte viel zu viel Angst, unsere Kühe könnten nachher mit rosa lackierten Hufen im Stall stehen oder bunte Bänder an den Ohren tragen. Lass das mal, du kannst deiner Tante in der Küche helfen. Erleichtert atmete Isabel auf und marschierte auf die Küche zu.

In einem Feldwebelton sagte mein Vater: „Kann es dann mal losgehen, alle auf ihre Posten!" Wie Soldaten standen wir kerzengrade, knallten die Fersen zusammen und riefen: „Aye, aye, Sir Neuhaus."

„Dann begibt sich jetzt bitte jeder auf seinen Posten und ich wünsche euch viel Spaß bei der Arbeit!" Er schwang sich mit den letzten Worten auf seinen Mähdrescher und rauschte vom Hof.

An diesem Abend wurde es spät. Alle fuhren nach einer letzten Stärkung heim. Ich war hundemüde und fiel in mein Bett. Den ganzen Tag hatte ich noch keine Zeit gehabt, um intensiv an Ralf zu denken. Jetzt meldeten sich sämtliche Erinnerungszellen, meine Moleküle tanzten. Ich war so verliebt und dachte an Ralf, an seine Hände, seine Küsse, sein Gesicht, sein Lachen und seine wunderschönen Augen.

Plötzlich crashte es in meinem rosa Gedankenfilm und ich bekam Bilder in meinen Kopf, in Bezug auf den morgigen Tag, also das Aufeinandertreffen von Ralf mit all meinen Familienmitgliedern, meinen Freunden, samt Köter. Zudem würden wir kaum Zeit füreinander haben, geschweige denn die Möglichkeit finden, allein zu sein.

Wir würden uns nicht einmal unbeobachtet irgendwo küssen können, denn eins war klar, vor versammelter Mannschaft wollte ich das nicht. Bei dem Gedanken an den morgigen Tag fühlte ich mich jetzt, mit den anstehenden eventuell auftretenden Schwierigkeiten, ein wenig überfordert.

Um mich auf andere Gedanken zu bringen, malte ich mir aus, was ich ihm alles sagen wollte.

Darüber schlief ich dann endlich ein. Wie an jedem Morgen klingelte mein Wecker um fünf.

Heute war ich schon vor dem Klingeln wach, drückte ihn aus und sagte: „Ätsch, Erster."

Ich war sehr gut gelaunt und glücklich, dass sich meine Nervosität mit Hinblick auf den heutigen Tag in Grenzen hielt. Nach einer Wechseldusche fühlte ich mich frisch und fit für den Tag. Jutta und ich versorgten erst die Tiere, bevor wir frühstückten. Der Morgen war klar, die Luft noch frisch, nicht so stickig, wie in den vergangenen Tagen. Ich atmete die Luft ein. Als wir zum ersten Frühstück auf die Terrasse kamen, wunderten wir uns, denn Isabel war schon auf den Beinen und bereitete das Frühstück auf der Terrasse. Wir saßen gerade, da hörte ich, wie ein Auto auf unserem Hof vorfuhr.

Jetzt stieg die Nervosität in mir auf. Einige Minuten später kam mein Vater auf die Terrasse, begleitet von Ralf. „Schaut mal, wen ich da mitbringe, zehn Minuten vor der Zeit, das ist des Maurers Pünktlichkeit."

„Des Schreiners Pünktlichkeit", berichtigte ich meinen Vater. Ralf lächelte mir zu und begrüßte alle am Tisch mit Handschlag. Ich machte ihm schnell mit einem Blick klar, er möge mich bitte jetzt nicht küssen. Er nickte mir verständnisvoll zu. Mein Vater bat ihn, Platz zu nehmen.

Zum Übel meiner Mutter bekundete Ralf, er habe bereits gefrühstückt. Aus Höflichkeit ließ er sich von meiner Mutter zu einer Tasse Kaffee überreden.

Jutta und Isabel konnte ich an ihren Nasenspitzen ansehen, wie überrascht sie waren, Ralf hier zu sehen. Meine Schwester sagte leise zu mir: „Habe ich etwas verpasst? Bin ich zu früh schlafen gegangen oder warum hast du mir nichts erzählt?!" „Liebe Schwester", flüsterte ich, „da du es vorziehst, dich nachts in Diskotheken herumzutreiben, um abzuzappeln, statt dich, um deine Schwester zu kümmern, konnte ich es dir leider nicht erzählen."

Britta und Jens kamen in diesem Moment auf die Terrasse: „Was wird das denn hier, ein Kaffeekränzchen? Wollt ihr nicht langsam mit der Arbeit beginnen?", meckerte Jens spaßig.

„Langsam arbeiten kommt nicht infrage", äffte mein Vater, „hier wird schnell gearbeitet.", dabei rückte er seinen Stuhl zurück und klatschte in die Hände. „Jens hat recht, wir sollten anfangen, es wird heute noch sehr heiß."

Wir machten uns allesamt auf und nahmen unsere Posten ein. Auf dem Hof stellte ich Ralf meinen Freunden vor. Michael nahm Ralf mit auf den Dachboden. Vom Vorabend stand noch ein voller Leiterwagen vor der Scheune, so hatten wir sofort etwas zu tun.

Ich kletterte hinter Ralf und Michael auf den Dachboden, um Ralf herzlich zu begrüßen. Endlich konnte ich ihn in meine Arme nehmen, er roch so gut: „Schön, dass du da bist", sagte ich, während ich ihn auf die Wange küsste. „Du hast mir gefehlt!", flüsterte er und nahm mich für einen Moment fest in seine Arme. Bis Michael rief: „Was wird das denn hier, ihr sollt arbeiten, dafür habt ihr nachher noch genug Zeit, wenn ihr noch die Kraft dafür aufbringen könnt."

Ich warf ihm loses Heu entgegen, traf ihn aber nicht und kletterte vom Boden. Ich hielt Blickkontakt mit Ralf, bis ich ihn nicht mehr sah. Gerne hätte ich ihn weiter geküsst und ein paar andere Dinge, die ich mit ihm angestellt hätte, gingen mir auch kurz durch den Kopf. *Kuscheln auf dem Heuboden*? Ein Gedanke, der mir gefiel, und dann bremste ich meine Fantasie, ich musste ja arbeiten.

Sam hatte es sich schon auf dem Trecker bequem gemacht. „Na alter Junge", begrüßte ich ihn, „dir scheint deine Arthrose ja heute nichts auszumachen oder hat dir jemand raufgeholfen?" Wie immer bekam ich darauf keine Antwort, wie auch, Sam war ja ein Hund. Aber ich versuchte seinen Blick zu deuten und der schien zu sagen: *Das wird mein Tag, also Gitti, setz den verdammten Trecker in Bewegung.*

Kurz vor Mittag hatten wir schon drei Fuhren Heu eingefahren. Jetzt rollte ich mit der vierten Fuhre an.

Kapitel 10

Als ich auf unser Tor zufuhr, sah ich, dass Ralf sich vor unserer Einfahrt mit jemandem unterhielt. Vor dem Tor stand ein mir unbekanntes Auto. Langsam ließ ich den Trecker näher heranrollen. Da erst erkannte ich die Person neben Ralf.

„Ach Bernd ist da!", rief ich erschrocken aus und murmelte vor mich hin: „Was will der Blödmann denn hier? Woher weiß er, wo wir wohnen? Er sieht ja nicht so aus, als wollte er uns seine Hilfe anbieten, denn er war von Kopf bis Fuß gestriegelt, *matschogestriegelt.*"

Sam dachte wohl, ich hätte mit ihm gesprochen, denn er legte eine Pfote auf meinen Arm. Den Trecker ließ ich weiterrollen. Beinahe hätte ich Bernd mit dem Frontlader von hinten an getickt. Er sprang leider noch rechtzeitig zur Seite. Ralf lachte. Ich stieg vom Trecker und fragte Bernd:

„Hattest du Angst, ich würde dich umnieten?"
„Nöööö", sagte er.

Haha, der Schreck saß ihm ja jetzt noch in den Knochen, das verriet mir seine zittrige Stimme. Unsicher schaute er mich an. Entschuldigend sagte er: „Ralf und ich, wir sind heute Abend bei einem Kollegen von mir eingeladen. Ich habe vergessen, es ihm zu sagen. Als ich bei ihm war, sagte seine Mutter, dass er hier sei."

Ralf schaute mich zärtlich an und ich wusste, heute Abend blieb er bei mir. Beruhigt ließ ich die beiden stehen und verrichtete meine Arbeit. In der letzten Nacht hatte eine Sau 14 Junge geworfen. Die musste ich nun auf frisches Stroh betten. Als ich gerade zwei Strohballen für die Ferkel durch die Luke im Dachboden die zum Hof zeigte warf, packte Jutta die beiden Bunde in eine Karre. Bernd war mit Ralf näher an das Geschehen herangetreten. Er hatte uns beobachtet und sagte: „Schau mal, Ralf, die werfen sich Strohballen zu. Wie süß, zwei Blondinen beim Gedankenaustausch."

Den „Blondinenwitz" kannte ich. Darüber lachen konnte ich jetzt allerdings nicht. Im Gegenteil, dass er von Bernd auf meinem Hof ausgesprochen wurde, machte mich gerade sehr wütend und so stach ich erneut in einen Bund Stroh und schleuderte es auf Bernd zu. Es landete von hinten in seinen Kniekehlen, Bernd sackte zusammen und landete auf dem Bund Stroh. „Och Bernd", rief ich ironisch, „mit wem oder was schmust du denn? Hauptsache blond! Was?"

Er klopfte sich den Staub von seiner gebügelten Hose, verabschiedete sich von Ralf und verließ mit eiligen Schritten unseren Hof. *Gut so*, dachte ich.

Als wir gegen Mittag zu Tisch saßen, fragte Isabel neugierig, wer der gutaussehende Mann am Tor gewesen sei, mit dem Ralf gesprochen habe. Ralf erklärte ihr kurz, Bernd sei sein Freund, und dass er Ralf einladen wolle mit ihm heute Abend auf eine Fete zu gehen. Allein ihre Fragestellung gab Ralf und mir zu verstehen, dass sie sehr daran interessiert war, Bernd kennenzulernen.

Britta unterbrach Isabel in ihrem Redefluss und sagte: „Liebe Isabel, so wie ich Bernd vorhin erlebt habe, scheint er für Blondinen wenig übrig zu haben. Also lohnt es wohl nicht, dass du dir jetzt dein hübsches blondes Köpfchen darüber zerbrichst, wann und wo du ihn wieder treffen könntest."

Mit einer Handbewegung gab ich Britta zu verstehen, sie solle den Mund halten. Doch Isabel schien sich nicht an dem, was Britta sagte, zu stören. Sie erwiderte stattdessen kokett: „Na und! Ich will ihn doch nur mal kennenlernen, dafür würde ich mir die Haare sogar schwarz färben.

Kapitel 11

Wie ein Blitz aus heiterem Himmel verband ich augenblicklich eine Idee mit dem, was Isabel soeben gesagt hatte. Sollte diese Idee ausführbar sein, so würde ich endlich eine Gelegenheit erhalten, meinen Rachegelüsten gegenüber Bernd freien Lauf zu geben.

Dass ich meine Cousine im Feldzug gegen Bernd benutzte, berührte mich herzlich wenig, weil ich auch irgendwie, ihr einmal einen Denkzettel verpassen wollte. Schließlich war sie es ja, die Bernd kennenlernen wollte, und mein Plan beinhaltete eigentlich nur, dass ich eine Möglichkeit sah, ihr dabei zu helfen. Ich zog Ralf am Arm und verschwand mit ihm um die Ecke. „Was ist passiert?", fragten die anderen. „Wir sind gleich wieder zurück", antwortete ich hastig und mit geheimnisvollem Unterton.

Als ich Ralf von meiner Idee berichtete, gab er zu: „Der Plan ist gut und hinterlässt bei Bernd bestimmt eine erzieherische Wirkung. Denn ich denke, so wie Isabel aussieht, ist sie mit dunklen Haaren genau sein Typ. Ich finde, wir sollten den anderen auch von unserem Plan erzählen und auch den Grund nennen, warum du dich an Bernd rächen möchtest. Außerdem brauchen wir jetzt Ideen, wie wir Isabel und Bernd zusammenbringen können."

Die Mittagssonne war ohnehin zu heiß, also verlängerten wir unsere Pause. Wir erzählten den anderen von der Blondinen Demo, von der Party und wie sich Bernd mir gegenüber verhalten hatte. Ralf erklärte Isabel, um sie zu beruhigen, dass Bernd eigentlich ganz in Ordnung sei. Isabel war begeistert von unserem Plan und absolut bereit, ihren blonden Schopf schwarz zu färben oder wenigstens eine Tönung zu verwenden.

Bedenken kamen in ihr auf bei der Vorstellung, sie könnte sich tatsächlich in Bernd verlieben. Denn auf ewig nun dunkelhaarig zu bleiben, das könnte sie nicht. „Gut, wenn das dein Problem ist, dann ist es wohl echt zu früh, darüber nachzudenken", beruhigte ich sie.

Darauf sagte sie traurig und sie tat mir ganz ehrlich ein wenig leid: „Angenommen, er verliebt sich auch in mich, wird er dann sauer, wenn er merkt, dass ich ihn so reingelegt habe?"

Wir beruhigten sie und versprachen ihr, alles richtigzustellen, sollte ein Problem auftauchen. „Außerdem gibt es viele Frauen, die sich die Haare tönen oder färben, ohne es vorab der ganzen Welt mitzuteilen. Du kannst doch nicht wissen, dass er blonde Frauen missachtet, zudem bist du auch nicht verpflichtet, ihm zu sagen, dass du eigentlich blond bist, oder?", sagte Ralf in einem überzeugenden Tonfall.

Das war ein Argument für Isabel, sie wirkte sichtlich erleichtert und wir machten uns wieder an die Arbeit. Währenddessen bekamen wir einige Ideen, wie wir die beiden zusammenbringen wollten. Meine Freunde waren da sehr kreativ. Eine Lösung, die auch leicht durchzuführen gewesen wäre, blieb allerdings aus.

Bis Michael sagte: „Mensch! Wie in jedem Jahr findet doch auch in diesem wieder eure Ernte-Helfer-Party statt, wir könnten sie öffentlicher machen und noch ein paar Leute mehr einladen, ich denke da an einen ganz speziellen Gast. Daraufhin warf Ralf ein: „Du denkst an Bernd? Glaubt ihr allen Ernstes, er betritt diesen Hof ein zweites Mal, nachdem er weiß, dass hier mit Strohballen geschossen wird?"

„Dann muss Gitti eben den Gang nach Canossa wagen und sich mit guter Miene zum bösen Spiel mit ihm versöhnen", bestimmte Jens.

„Das fehlt mir grad noch, euch geht's wohl zu gut. Ihr wisst schon, dass ihr mir die allerhöchste Schauspielkunst abverlangt?!", schimpfte ich genervt, fügte allerdings, bereits in Gedanken versunken, an die bevorstehende Fete, hinzu: „Na gut, ich überlege mir etwas, schließlich mache ich es ja auch für Isabel." „Und nicht zu vergessen, um deine Rachegelüste zu befriedigen", bemerkte Britta beiläufig.

Trotz der langen Mittagspause war das Heu um 20:00 Uhr auf dem Dachboden.

Die Männer fegten den Hof, während wir Frauen uns mit dem Wasser aus dem Gartenschlauch säuberten. Als wir auf die Terrasse kamen, war der Tisch mit vielen Leckereien gedeckt. Auf dem Grill garte das Fleisch, bei dem Duft lief uns das Wasser im Mund zusammen. Der Tisch war, wie zu einem Erntefest dekoriert und rundherum schmückten Lampions die Terrasse. Meine Mutter kam mit einem Tablett heraus, sie bemerkte unsere Verwunderung, beziehungsweise unsere Bewunderung und sagte: „Sieht hübsch aus, was?! Isabel hat das alles für euch zubereitet."

Jetzt war ich erstaunt und musste zugeben, diese neue Seite an Isabel machte sie sympathisch. Wir setzten uns und ließen uns das Essen schmecken. Aber wo war Isabel? Es war an der Zeit, sie für das, was wir hier bekamen, einmal zu loben. Den Gedanken noch nicht zu Ende gedacht, erschien sie in der Tür. Alle starrten sie an.

Isabel hatte ihre Haare schwarz getönt, was ihrer Attraktivität nicht schadete, im Gegenteil, sie sah so auch verdammt gut aus. Jutta stürzte auf sie zu: „Oh man, siehst du super aus!"

Britta staunte: „Den Bernd hast du schon sicher."

Mit dem uns gebotenen Erscheinungsbild von Isabel waren wir alle sehr zuversichtlich, dass unser Plan gelingen würde.

Wir saßen noch bis Mitternacht auf der Terrasse. Unsere Eltern hatten sich vorzeitig verabschiedet und angeboten, am nächsten Morgen die Tiere zu versorgen. Gegen Mitternacht räumten wir gemeinsam auf, dann machten sich alle auf den Heimweg. Ralf leider auch, er war zu kaputt, um die Nacht bei uns zu verbringen. Am späten Vormittag wachte ich am Sonntag auf. Ich öffnete das Fenster und sog die warme Sommerluft ein. *Ein perfekter Tag, um endlich einmal wieder Schwimmen zu gehen*, dachte ich. Leise schlich ich über den Flur. Selten war es so ruhig in unserem Haus, irgendeiner wurschtelte immer irgendwo herum. Ich ging davon aus, dass Jutta und Isabel noch schliefen. In der Küche lag ein Zettel auf dem Tisch.

Hallo, Ihr Lieben,
wir sind bei Johanna und Paul und erst am Abend zurück.
Bis dann LG Mama und Papa
PS: Gitti, Ralf hat angerufen, du möchtest bitte zurückrufen!

Na, das war doch eine nette Nachricht. Ich kochte mir einen Kaffee, machte mir etwas zu essen und ging mit meinem Frühstück auf die Terrasse. Als ich mich setzte und meine Beine entspannt ausstreckte, jaulte Sam unter dem Tisch auf, schlief aber gleich wieder ein. „Na, du

Faultier!", begrüßte ich ihn. Nach dem ersten Schluck Kaffee entschied ich, erst mit Ralf zu telefonieren. Er meldete sich sofort. „Hi Ralf, du hast angerufen, was gibt es denn?"

„Du hast mir gestern nicht gesagt, ob und wann wir uns heute wiedersehen."

„Weil ich fest davon ausgegangen bin, dass wir uns heute wiedersehen. Ich hätte große Lust zum See zu fahren."

„Ja, das würde mir auch gefallen, es soll auch sehr heiß werden heute. Kannst du mich abholen, ich habe meiner Schwester das Auto geliehen?", fragte er. „Natürlich hole ich dich ab, was soll ich uns zu essen einpacken?"

„Lass mal, den Picknickkorb packe ich. Wann kannst du hier sein?"

„Ich frühstücke gerade, dann muss ich noch die Kälber füttern, ich denke in einer Stunde, ist das okay?"

Nach einer Stunde machte ich mich auf den Weg. Die Notiz meiner Eltern ergänzte ich mit ein paar kurzen Zeilen.

Hallo, ihr Schlafmützen,
bin mit Ralf zum See. Bis später LG Gitti

Kapitel 12

Bei Ralf angekommen, stieg ich aus dem Auto und spürte, dass meine Beine plötzlich zitterten. Mir war jetzt nicht danach, seine Familie kennen zu lernen.

Aber wie es im Leben ebenso ist, kommt es erstens anders und zweitens, als man denkt. Ich brauchte nicht einmal den Klingelknopf betätigen, da öffnete mir seine Mutter schon die Tür. Mit einem herzlichen Lachen rief sie: „Guten Tag! Sie sind bestimmt Frau Neuhaus!"

Sein Vater stand auch gleich hinter ihr, um mich zu begrüßen. Das hatte mir noch gefehlt „Public Viewing" gleich bei meinem ersten Besuch. Mein Kopfkino meldete sich wieder – *die ganze Familie kam auf mich zu und ich war dazu verdonnert mit allen „Shakehands" zu machen bis in die Abendstunden. Die Sonne ging langsam unter und ich war wieder nicht mit Ralf allein und seine Familie hielt nach tausend Fragen Ratssitzung darüber, ob ich wiederkommen durfte.*

Da ich zur Höflichkeit erzogen worden war, schaltete ich mein Kopfkino aus und machte nun meinen Eltern alle Ehre und gab den seinen die Hand zur Begrüßung. Währenddessen bat ich sie: „Frau Neuhaus ist mir zu förmlich, bitte nennen Sie mich doch beim Vornamen. Ich heiße Gitti. Guten Tag Frau und Herr Henning."

Der Vater sagte erstaunt: „Das ist aber ein fester Händedruck, gefällt mir."

Frau Henning verkündete nun laut rufend: „Ralf, dein Besuch ist da!", ohne die Augen von mir zu nehmen. Ein wenig fühlte ich mich, wie bei einer Musterung, aber meine Mutter war ja keinen Deut besser.

Wer wusste, wie ich einmal sein würde, wenn die Freundin meines Sohnes das erste Mal zu Besuch kam.

„Ich habe etwas für euer Picknick vorbereitet, Ralf packt es bestimmt noch ein", sagte seine Mutter entschuldigend.

Endlich kam Ralf mit dem Picknickkorb und den Worten „Bin schon da!" um die Ecke. Wir verabschiedeten uns schnell und noch während wir auf dem Weg zum Auto waren, bekam ich eine Einladung seitens der Mutter: „Wenn Sie das …", sie berichtigte sich, „wenn du, meine ich … das nächste Mal vorbeikommst, dann bringe etwas mehr Zeit mit. Wir würden uns freuen."

Aus dem Augenwinkel sah ich, wie ihr Mann sie mit dem Ellenbogen anschubste. Dann winkten sie uns hinterher, bis wir vom Hof gefahren waren. „Als wenn wir für zwei Wochen in den Urlaub fahren, wie peinlich", meckerte Ralf. Ich schaute ihn besorgt an. „Ach, lass sie doch, ich finde es gut, besser so, als wenn sie sich gar nicht für deine Freundin interessieren würden, oder?!"

„Seit einer Stunde nervt meine Mutter schon", dann äffte er seine Mutter nach: „Wann kommt sie? Schaut sie auch kurz rein? Warum bleibt ihr nicht erst ein bisschen hier und so weiter."

Ich amüsierte mich köstlich über ihn. Er merkte es nicht einmal, so ernst war sein Ärger über die Neugier seiner Mutter. Ich konnte ihn so gut verstehen, auch meine Mutter hatte mich schon oft in peinliche Situationen gebracht. Er tat mir auch ein wenig leid, dennoch fand ich, dass ich das schlechtere Los von uns beiden gezogen hatte, denn zu meiner, manchmal peinlichen Mutter gesellten sich zurzeit eine ziemlich peinliche Cousine und ein fortwährend pupsender Berner Sennen Hund, der das Treckerfahren liebte.

Kapitel 13

Am See angekommen suchten wir uns ein schattiges Plätzchen. Erst traute ich mich nicht, mein T-Shirt auszuziehen. Ralf stand schon in der Badehose vor mir. Da fiel mir auf, dass auch er nicht gleichmäßig braun war, das machte mir Mut. Wir schauten uns an, lachten und beschlossen fortan, regelmäßig ein Sonnenbad in Bikini und Badehose zu nehmen, um eine gleichmäßigere Bräune zu erhalten.

Das Wasser verschaffte uns die nötige Abkühlung. Wir tollten und planschten herum, wie zwei kleine Kinder. Wieder auf der Decke fiel mir ein, ich hatte Ralf gestern Abend das letzte Mal geküsst. Es wurde Zeit, es wieder zu tun. Er spielte zärtlich mit den Wassertropfen auf meinem Arm. „Küss mich!", flüsterte ich und er tat es. Nachdem wir ein drittes Mal aus dem Wasser kamen, machten wir uns über den liebevoll zusammengestellten Picknickkorb her. Hähnchenschenkel und Kartoffelsalat. Danach schliefen wir im Schatten eines Baumes ein.

Erschrocken fuhr ich auf, als ich hörte, wie jemand rief, und ich wusste gleich, dass wir gemeint waren, weil ich die Stimme sehr wohl kannte. „Was macht ihr denn hier?", obwohl er noch bestimmt zehn Meter von uns entfernt war, erkannte ich Bernd. Nicht allein seine Stimme war einzigartig, auch seine Körperhaltung und sein Gang waren unverwechselbar.

„Oh nein!", flüsterte ich. Ralf zwinkert mir zu: „Pst! Denk dran, das könnte deine Chance werden."

„Ich habe verstanden", zwinkerte ich zurück. Also machte ich den ersten Schritt zur Versöhnung. Gut fühlte ich mich dabei nicht, doch es gehörte zu meinem

Racheplan. Vorsichtig fragte ich ihn: „Bist du allein? Dann leg dich doch zu uns."

Sein Gesichtsausdruck verriet, dass er ein wenig misstrauisch war, doch dann grinste er und schaute Ralf und mich von oben bis unten an. Spöttisch zeigte er auf unsere Arme und Beine, mit den Worten: „Die Selbstbräunungscreme würde ich reklamieren."

Er breitete, wie selbstverständlich seine Decke direkt neben der unseren aus. Das wurde mir zu viel *Berndnähe*. „Leg dich doch gleich in unsere Mitte!", rutschte es mir frech heraus. Nett sein zu diesem Macho, das war unmöglich, ich brauchte erst eine Abkühlung. Als ich zurückkam, sagte Bernd: „Gitti, deine Eltern haben eine Menge Zeit gespart."

„Wieso?", fragte ich und war gespannt, was ihm nun wieder eingefallen war. „Wusstest du schon, dass man Blondinen das Schwimmen nicht beibringen muss?"

„Nein, das weiß ich nicht, bin mir aber sicher, ich müsste dich umbringen, wollte ich verhindern, dass du es mir gleich sagst!"

„Genau und ich verrate es dir auch gerne. Die brauchen keinen Schwimmunterricht, weil sie eh nicht untergehen, die sind nämlich so hohl, die schwimmen immer oben."

„Du Idiot!", schimpfte ich und schüttelte meine blonden nassen Haare über ihn aus. Er kreischte, wie ein kleines Mädchen und sprang auf.

Eines musste ich nun zugeben, dumm war er nicht, er konnte zu jeder Gelegenheit die Witze, die er kannte entsprechend anwenden. Hätte jemand anderer diesen Witz gemacht, wäre es möglich, dass ich darüber hätte lachen können.

In mir kam das Gefühl hoch, Bernd sei vielleicht eifersüchtig auf die Beziehung zwischen Ralf und mir. Bernd trocknete sich, nach meinem Wasserangriff auf ihn, ab und sagte: „Gittigitt, du bist ein Schweinchen."

Gittigitt?!, so hatte mich noch niemand genannt, aber auch wieder ein Wortspiel, welches mir gefiel. Ralf sagte: „Das geschieht dir recht, leg dich besser nicht mit ihr an. Außerdem kann ich dir nicht garantieren, was mir noch alles einfällt, um dich mundtot zu machen."

An mich gewandt sagte Ralf: „Ach übrigens, Gitti, Bernd hat keine Freundin mehr."

„Warum erzählst du mir das? Ich will ihn bestimmt nicht, aber ich könnte in unserem Hühnerstall einen Zettel aufhängen, *Eingebildeter Gockel sucht sexy Henne mit dunklem Federkleid*!"

Bernd berichtete stolz: „Das brauchst du nicht Gitti. Ich finde auch ohne deine Partnersuchanzeige im Hühnerstall, eine Neue. Jemand, wie ich bleibt nicht lang alleine. Wichtig ist erst einmal, dass ich die letzte gestern in den Pfeffer geschossen habe."

Ich zweifelte an seiner Aussage, er habe sie wohin geschossen, vielleicht hatte er sie mit seinen dummen Sprüchen verjagt. Letztendlich war es mir auch egal, wer wen wohin gejagt oder geschossen hatte. Er sie in den Pfeffer, sie ihn aus dem Haus. Wichtig für meinen Plan war allein die Information, dass er nun Single war. Diese Tatsache machte die Angelegenheit nun wesentlich einfacher.

Ralf nutzte die Situation und sagte: „Mensch, wenn du solo bist, dann hast du am Wochenende bestimmt noch nichts vor?" „Nein", sagte Bernd zögernd, „wieso fragst du?" „Wir wollen am Samstag bei Gitti in der Scheune eine Party machen. Conny und Martin kommen auch."

Ralf versuchte bei Bernd den Eindruck zu erwecken, ihm wäre es wichtig, dass Bernd auch zu der Party käme. Es war ihm gelungen, denn Bernd streckte wichtigtuerisch seine Brust hervor.

Blöder Mister Wichtig, doofer Gockel, dachte ich, und mir wären noch weitere Bezeichnungen für ihn eingefallen, aber letztendlich freute ich mich gleichzeitig darüber, dass Ralf mir die Arbeit abgenommen hatte und ich mich nun nicht zum Spaß mit Bernd anfreunden musste.

Er fragte prüfend: „Sind nur Paare anwesend oder habe ich eine Chance, meinen männlichen Charme spielen zu lassen?" Mir wurde übel, ließ mir aber meinen Argwohn über seine Äußerung, nicht anmerken. *Was für ein Gockelgetue,* dachte ich.

„Ach!", sagte ich ihm mit einem vorgespielten freundlichen und lockenden Tonfall, „es sind einige Frauen da, die noch solo sind. Allerdings haben drei davon ab Sonnenaufgang besonders strahlende Augen."

Er winkte ab. „Gib dir keine Mühe Gitti, den kenne ich. Wenn noch fünf übrigbleiben, die nicht blond sind, dann wäre der Abend für mich gerettet und die Damen kommen auch auf ihre Kosten. Und, Gitti, glaub mir, deren Augen strahlen auch noch, wenn es dunkel geworden ist."

So ein scheiß Angeber! Meine Cousine war vielleicht doch zu schade für ihn, das wurde mir jetzt bewusst. Aber sie wollte es ja so. Ich schaute zu Ralf und verdrehte genervt die Augen. Das musste Bernd bemerkt haben, er sagte sehr überzeugend: „Gitti, ich verspreche dir hiermit, keine dummen Bemerkungen über Blondinen zu machen. Wollen wir das Kriegsbeil begraben. Mich mit dir anzulegen, ist mir auch zu gefährlich, nachher wirfst du mir deine Gedanken wieder um die Ohren."

Bäng, da ist doch schon wieder ein blöder Spruch.

„Haha!", rief ich. Mein Kopf war bestimmt knallrot vor Wut. Ich hüpfte schnell in den See, um mich abzukühlen. Als ich zurückkam, war Bernd schon fort.

„Wo ist ...", wollte ich fragen. Ralf fiel mir ins Wort: „Ich habe ihm deutlich zu verstehen gegeben, dass ich jetzt mit dir allein sein möchte."

„So, und das hat er verstanden, oder hast du ihm Geld gegeben, damit er sich irgendwo ein Eis kaufen kann", fragte ich ungläubig.

„Ja, er hat's verstanden, nein, ich habe ihn nicht bestochen, ich glaube, er verträgt heute keine Sonne.", dabei blickte Ralf zufrieden grinsend in den Himmel.

„Ich glaube, der hat als Kind schon eh zu viel davon abbekommen", sagte ich und kuschelte mich an Ralf.

Nach einer Stunde hatten wir genug Sonne getankt. Wir fuhren zu Ralf. Ich hoffte sehr, dass wir seine Eltern nicht antrafen. Zu Ralfs Wohnung führte ein separater Aufgang, genau, wie Jutta und ich ihn hatten. Erst jetzt wurden mir der Luxus und der Vorteil einer Außentreppe bewusst. Er fragte mich, ob ich hungrig oder durstig sei. Ich hatte weder Durst noch Hunger, ich wollte nur ihn. Bis Mitternacht hatten wir uns dreimal geliebt und wir hätten die ganze Nacht so weitergemacht, wenn ich nicht zu Hause die Tiere hätte versorgen müssen.

Kapitel 14

Am Mittwochabend trafen wir uns, um die Ernte-Helfer-Fete zu planen. Ralf wollte auch Conny und Martin mitbringen. Ein paar Hände mehr zur Unterstützung konnten nicht schaden. Schließlich gab es noch allerhand zu organisieren und zu räumen.

Ich freute mich Conny zu sehen und wir begrüßten uns herzlich. Ich nahm sie zur Seite und weihte sie in unseren Plan ein. Begeistert meinte sie, das sei für Bernd eine Lektion, die er so schnell nicht vergessen werde.

Da es auch an den nächsten Tagen warm und trocken bleiben sollte, konnten wir die Maschinen aus der Scheune auf dem Hof parken. Ralf machte eine Liste für die Getränke, die ich gegen Abend bestellen wollte.

Isabel gab Anweisungen, wie der Raum für Samstag aufgeteilt werden sollte, damit auch genug Platz für die Tanzfläche frei blieb. Die Seitenwände dekorierten wir mit Tarnnetzen und Planen. Am Samstagvormittag wollten wir noch Grün besorgen. Die restliche Dekoration wollte Isabel übernehmen. Sie plante Kerzen auf die Stehtische zu stellen, wollte Lampions über die Theke hängen, die ja auch erst am Samstag kommen sollte. Wir räumten und fegten. Jens stellte uns seine Musikanlage zur Verfügung, diese sollte schon am Freitagabend aufgebaut werden. Die Scheune war sauber und wir waren staubig, so saßen wir in einer Runde und tranken noch ein Bier. Ralf blieb in dieser Nacht bei mir. Isabel verzichtete in dieser Woche auf ihre Diskothekenbesuche.

Je näher der Samstag rückte, umso nervöser wurde sie. Ich traf sie an jedem Morgen schon um neun in der

Küche. Zur Freude meiner Mutter putzte Isabel ständig irgendetwas.

Sie fegte permanent die Terrasse und probierte Kleider, Schminke und Frisuren. Dann passte sie mich ständig in der Küche ab, um mich zu fragen, ob die Kombination ihrer Kleiderwahl für Samstag so in Ordnung sei. Ich meinte nur, sie solle da lieber Jutta fragen, ich sei nicht geeignet, ihr einen Rat zu ihrer Garderobe zu geben, weil ich eh der Meinung war, sie könne sich auch 'nen Sack überwerfen und sähe immer noch sexy aus. Wo war nur ihr Selbstbewusstsein der ersten Stunden geblieben? Sie würde doch nicht zusammenbrechen, wenn sie von Bernd eine Abfuhr erhielt? *Ach nein*, beruhigte ich mich. Gesetz den Fall sie würde ihn so kennenlernen, wie ich ihn kennengelernt hatte, dann würde auch sie über ihre jetzige Nervosität lachen. Am Nachmittag sonnte sie sich in unserem Garten, um neben ihrem knackigen Körper auch eine knackige Bräune präsentieren zu können.

Am Freitag war sie schon um sieben Uhr auf den Beinen. Ich fragte sie: „Isabel, bist du krank?" „Nein", sagte sie mit einer weinerlichen Stimme, „ich habe meinen Schrank durchsucht und finde nichts, was ich morgen Abend anziehen möchte."

Erstaunt rief ich aus: „Isabel, du hast drei Koffer mitgebracht und du hast nichts, was dir gefällt? Ich glaube das jetzt echt nicht."

Jutta betrat die Küche und hatte meinen letzten Satz mitbekommen. Sie trank einen Schluck Kaffee und sagte tröstend: „Isabelschen, mach dir mal bitte keine Sorgen, heute habe ich um 14:00 Uhr Feierabend, dann schauen wir deinen Schrank durch, wenn wir nichts finden, fahren wir heute noch einkaufen. Was hältst du davon?"

Isabel lachte über das ganze Gesicht. Also verabredeten wir uns um 14.20 Uhr vor Isabels Kleiderschrank.

Jetzt pfiff ich durch die Zähne und rief Sam, der sich nach meinem Pfiff schwerfällig erhob.

„Komm Sam, willst du Trecker fahren?" Augenblicklich verwandelte sich seine Schwerfälligkeit in eine überschwängliche Freude. Er wedelte mit dem Schwanz und bellte. Jutta beruhigte ihn: „Ja ist gut Sam, ich wünsch dir auch einen schönen Tag."

Isabel zog ungläubig die Brauen hoch: „Also ihr zwei, ihr solltet aufpassen, wenn einer hört, wie ihr mit dem Köter redet, dann werdet ihr irgendwann noch mal eingewiesen. Obwohl ich das Gefühl nicht loswerde, er versteht euch wirklich."

„Ja", antwortete ich, „wir können hündisch, schweinisch und kühisch sprechen, ach ja und die Hühnersprache beherrschen wir auch."

So begann ich zu Jutta in der Hühnersprache zu sprechen. *„Liebhelefe Jutthuttlefuttaahalefa, eiheinlefeinenhenlefenen schönhönlefönenhenlefen Taghaglefag, wünschhünschlewünsch ichichlefich dirhirlefir."*

Was übersetzt hieß: „Liebe Jutta, einen schönen Tag wünsche ich dir."

Jutta antwortete zügig: *„Dashaslefas wünschhünschlefünsch ichhichlefich dirhierlefier auchhauchlefauch!"* Dies hieß nun übersetzt: „Das wünsche ich dir auch."

„Da wundert es mich nicht, dass die Hühner den ganzen Tag gackern, wenn man für ein Wort so viele Silben benötigte.

Zudem muss ich grad feststellen, ihr seid echt eine bekloppte Familie. Sollte am Samstag jemand fragen, wir sind nicht verwandt, ist das klar!"

Jutta muhte, ich grunzte und Sam bellte. Lachend über diesen Zufall ließen wir Isabel in ihrer Verwirrtheit allein zurück.

Wortwörtlich machte ich mich um 14.00 Uhr vom Acker. Nahm in aller Ruhe mein Mittagessen ein, bis Jutta in der Küche erschien und mich in Isabels Zimmer zerrte. Sie stand schon vor ihrem geöffneten Kleiderschrank.

Blinzelnd wagte ich einen Blick auf ihre Kleider, ich wurde geblendet von der mir gebotenen Farbenpracht. Knallgelb hing neben Quietschorange, Schweinchenrosa neben Maigrün.

Aber die Farben schienen sich untereinander zu verstehen, denn so ordentlich, wie es hierin aussah, war ein Kleiderkrieg nicht zu befürchten. In meinem Schrank hingegen sah es ständig aus, wie auf einem Schlachtfeld. *Hosen gegen Pullis.*

Jutta stand da mit geöffnetem Mund. „Gibt es eine Farbe, die hier nicht vertreten ist?"

„Ja! Das errät sogar ein Kleinkind", sagte ich, „hier fehlt eindeutig die Farbe Schwarz."

„Schwarz ist aber keine Farbe, das ist lediglich eine Form einen traurigen Zustand noch trauriger zu untermalen", schmollte Isabel.

„Nein, du irrst Cousinchen, Schwarz ist vielleicht dunkel, aber ein Zustand ist es nicht. Blau, blau ist ein

Zustand", mit den Worten schloss ich die Schranktür und forderte die beiden auf: „Kommt, wir fahren in die Stadt und kaufen dir ein schwarzes Kleid. Das steht dir bestimmt. Du bist schön braun und zu den dunklen Haaren würde es perfekt passen."

„Au fein!", sang Jutta. „Ich kaufe mir auch etwas."

Kapitel 15

Gesagt getan. Eine halbe Stunde später saßen wir im Auto und fuhren Richtung City. Wir hörten von Michael Jackson „Dirty Diana". Laut sangen wir den Text mit, ließen unsere Köpfe tanzen und unsere Haare im Fahrtwind wehen.

So gut gelaunt betraten wir eine Boutique. Wir suchten uns ein paar Sachen aus, wählten Umkleidekabinen, die nebeneinanderlagen. Dann begannen wir mit unserer ganz privaten Modenschau. Die Verkäuferinnen waren sehr zuvorkommend und man sah ihnen an, wie gern sie uns zusahen. Isabel stellte ihre Geradrobe vor, mal schüttelte ich den Kopf, mal Jutta. Bei einem schwarzen Minikleid nickten wir beide, es passte perfekt und verdeckte nicht zu viel von Isabels langen braunen Beinen.

Ich entschied mich für eine neue Bluejeans und wählte dazu ein schwarzes Top. Jutta kaufte sich eine enge schwarze Hose und dazu ein buntes Oberteil. Nun standen wir so bekleidet vor dem Spiegel. In den neuen Kleidungstücken betrachteten wir unsere nackten Füße. Wir überlegten, welche Schuhe wir dazu anziehen konnten. Aus Angst davor, zu Hause ein erneutes Dilemma zu erleben, weil Isabel nicht die richtigen Schuhe fand, beschlossen wir kurzerhand, hier mit dem Kauf von neuen Schuhen eine Art Vorsorge zu treffen.

Da wir im Schuhladen erstaunlich schnell fündig wurden, waren wir rechtzeitig zur Fütterung wieder zurück. Isabel war zufrieden mit ihrer Wahl und freute sich nun auf den großen Abend. Als ich aus dem Stall kam, fuhr Jens auf den Hof. Wir bauten gemeinsam die Musikanlage auf. Er musste danach gleich wieder fort.

Kapitel 16

Die Luft hatte sich abgekühlt und somit war es draußen auch erträglicher geworden. Ich verspürte richtig Lust darauf einen Ausritt zu unternehmen. In Richtung Terrasse rief ich: „Hey Jutta, hast du Lust, mit mir zum See zu reiten?"

„Ja, immer doch! Das haben wir ewig nicht mehr gemacht. Ich komme gleich."

In Jeans und Turnschuhen trafen wir uns am Stall. Wir legten den Ponys nur die Trensen an. Ohne Sattel konnten wir besser mit den Ponys schwimmen gehen.

Im langsamen Schritttempo und mit hängenden Zügeln trotteten wir vom Hof. Noch spürten wir keine Begeisterung bei den Ponys. Von der gepflasterten Straße führte ein Feldweg durch den Wald bis zum See. Die Hitze der Straße stieg auf und die Ponys begannen zu schwitzen. Sofort kamen blutrünstige Bremsen und schwirrten über den Köpfen unserer Ponys.

„Die Viecher sollen mal schön die Ponys stechen und nicht uns, sonst sehen wir morgen ganz verbeult aus und müssen uns ständig kratzen", knatschte Jutta.

„Ich weiß, wie wir die lästigen Plagegeister wieder abhängen können."

Soeben erreichten wir den Feldweg, der direkt zum See führte. Ich nahm die Zügel vorsichtig an und schnalzte mit der Zunge, mein Pony fiel sofort in einen weichen Tölt. Auch Jutta töltete neben mir her, wir lachten uns an.

„Ich liebe diesen *Black-und-Decker-Sound*!", rief sie und gab ihrem Pferd die Sporen, dann galoppierten wir. Ich fühlte mich frei. Der Wald duftete und die Luft war angenehm. Die letzten Meter bis zum See ließen wir die Ponys wieder im Schritt gehen. Hinter uns vernahmen wir heiseres Hundegebell.

„Oh nein, Sam ist uns gefolgt!", ich drehte mich um. Da kam der altersschwache Hund im Galopp hinter uns her. Er hatte bestimmt zu spät gemerkt, dass wir uns mit den Pferden vom Hof geschlichen hatten. Wenn er nämlich nur sah, dass wir die Pferde sattelten, lief er schon zum Tor und wartete dort, damit er ja mitbekam, wenn wir den Hof verließen. Heute hatte er es wohl zu spät bemerkt und uns bestimmt erst gehört, als wir auf der Straße waren. Er besaß noch einen guten Spürsinn und so konnte er unsere Fährte schnell wieder aufnehmen.

Wir hielten unsere Ponys an und riefen ihm zu: „Mach langsam alter Junge, wir warten auf dich."

Dennoch rannte er weiter, bis er uns erreicht hatte, dann wurde er langsamer und wedelte vor Freude mit dem Schwanz. Am See suchten wir uns eine flache Wasserstelle und lenkten die Ponys dorthinein. Sam platschte sich neben uns ins Wasser und schwamm eine Runde. Die Ponys waren vorsichtig, langsam gingen sie in das tiefere Gewässer vor und tauchten bis zum Bauch hinein. Das Wasser war kalt und unsere Jeanshosen saugten sich voll. Dann setzten die Ponys zum Schwimmen an. Wir blieben dabei auf deren Rücken sitzen, dann lenkten wir sie vorsichtig wieder dem Ufer zu und sprangen schnell ab, denn die Ponys machten sich bereit, um das Wasser aus ihrem Fell zu schütteln, und da war es von Vorteil, nicht mehr auf deren Rücken zu sein. An der langen Leine wagten sie es auch, sich im Sand zu wälzen. Danach banden wir die zwei unter einem Baum an, sie grasten friedlich. Die Abkühlung hatte auch den beiden gutgetan. Jutta und ich saßen im Sand und blinzelten in die Abendsonne.

„Was das wohl morgen Abend gibt? Ich bin so gespannt, du auch?", fragte Jutta.

„Ja, ich bin sehr gespannt, aber ich habe auch ein bisschen Sorge um Isabel. Ganz ehrlich, ich finde Bernd ist ein Blödmann und nicht geeignet für unsere Cousine!"

Jutta sprach weitere Bedenken aus. „Stell dir vor, wie oft der dann bei uns sein wird? Schlimmer wäre es, sollten die beiden irgendwann einmal heiraten wollen, dann würde er auch noch zur Familie gehören."

Ich verzog angewidert den Mund: „Nicht auszudenken diese Vorstellung, wir müssten uns bei jeder Familienfeier seine Sprüche über Blondinen anhören."

„Es sei denn", sagte Jutta listig, „wir hätten immer Rizinusöl dabei. Dann würde er die ganze Zeit auf dem Örtchen verbringen müssen."

„Gute Idee, auch könnten wir uns Bernd-Witze ausdenken. Mir fällt da auch schon etwas ein. Wann beginnt das Morgengrauen?", fragte ich Jutta. „Hm, um fünf denke ich?!"

„Falsch, Schwesterherz, das Morgengrauen beginnt mit dem ersten Wort von Bernd."

Lachend fiel auch ihr etwas ein: „Wieso sagt man nicht dummer Bernd?", fragte sie mich.

„Keine Ahnung, aber ich bin gespannt auf deine Antwort."

„Ganz einfach, weil man auch nicht sagt, tote Leiche."

„Ja, genau das wären die richtigen Sprüche, mit denen man Bernd kontern müsste, aber bevor wir uns auf sein Niveau herablassen, sollten wir lieber wieder auf unsere Ponys klettern und heimreiten", lachte ich.

Da wir Sam im Schlepptau hatten, trotteten wir im Schritt nach Hause. Unsere Eltern saßen noch im Garten und unterhielten sich. Wir winkten ihnen zu, als wir die Ponys zum Stall führten. Sam legte sich gleich zu den Füßen meinen Eltern und schlief ein.

Kapitel 17

Als ich am Samstagmorgen meinen ersten Arbeitsgang beendet hatte, kamen Ralf, Jens und Michael, um die Zapfanlage aufzubauen. Die wurde schon nebst Getränken um sieben vom Getränkeservice angeliefert. Nachdem diese aufgebaut war, fuhren wir mit dem Trecker in den Wald, um ein paar Birken zu schlagen.

Wir schmückten die Scheune damit. Es roch, wie auf einem Maifest. Jens drehte die Musik auf. In diesem Moment betraten meine Eltern die Scheune.

„Das habt ihr ja gut hinbekommen. Seid ihr heute zum Essen zu Hause?", fragte meine Mutter.

„Nein, wir gehen nachher eine Pizza essen, danach wollen wir noch zum See. Zum Füttern sind wir wieder hier", antwortete ich.

Isabel sagte: „Ich fahre nicht mit zum See, ich mache einen Schönheitsschlaf.", mit den Worten verschwand sie.

Jens bemerkte: „Die braucht doch keinen Schönheitsschlaf, noch schöner geht ja bald nicht."

Britta versetzte ihm scherzhaft einen Stoß in die Seite. „Ist ja gut!", sagte er und setzte ein künstlich schmerzverzerrtes Gesicht auf.

Am See spielten wir Volleyball. Unsere Stimmung war super. Zu meiner Freude verstanden sich meine Freunde auch gut mit Ralf. Pünktlich zur Fütterung waren Jutta und ich wieder zu Hause, wir beeilten uns. Die Kälber mussten heute einmal auf ihre Liebkosungen verzichten. Sie schauten uns traurig an. Nach getaner Arbeit standen wir in der Küche, unsere Mutter hatte uns Brote zubereitet. „Was macht ihr denn heute Abend?", fragte Jutta neugierig. „Wir verschwinden, dann könnt ihr die Musik so laut aufdrehen, wie ihr wollt."

Während wir so dasaßen und aßen, uns mit unserer Mutter unterhielten, vergaßen wir die Zeit. Bis sie fragte: „Müsst ihr euch nicht bald fertig machen, es ist gleich halb acht?"

Sie hatte recht, die ersten Gäste wollten schon um 20:00 Uhr eintreffen. Wir sprangen auf, schauten uns mit großen Augen an: „Wo ist Isabel?" Wir rannten in ihr Zimmer, da lag sie mit einer Augenmaske in ihrem Bettchen und schlief noch tief und fest. Jutta klappte die Augenmaske hoch und sagte: „Isabel, aufwachen, die ersten Gäste kommen gleich."

Ich wies Jutta an, sie müsse Isabel ins Ohr sprechen, nicht in die Augen. Isabel stöhnte und rekelte sich. Mit einem Blick auf die Uhr sprang sie aus dem Bett. „Oh Schiet, geht schon mal vor, ich brauche noch eine Stunde."

„Super, wir sind auch noch nicht fertig."

„Dann macht mal hinne ihr zwei!", schimpfte sie. Im Galopp wurde geduscht, geföhnt, Locken geknetet. Dann schlüpfte ich schnell in die neuen Klamotten. Um viertel vor acht fuhr das erste Auto auf unserem Hof vor. Ich hüpfte auf den Balkon und begrüßte Ralf, Conny und Martin mit den Worten: „Hey ihr drei! Ich komme gleich!"

Es war noch sehr heiß an diesem Abend und so schwitzte ich schon wieder, weil ich mich so beeilt hatte. Jutta traf ich auf dem Flur. Wir gingen eingehakt die Treppe hinunter und bewegten, oder wir versuchten zumindest, uns so zu bewegen, als gingen wir über einen

Laufsteg. In der Scheune hatten sich nun weitere Gäste eingefunden, das erste Bier wurde angezapft, die Musik spielte. Alle fragten: „Wo ist Isabel?" oder „Wann kommt denn Bernd?"

Gegen neun trafen die letzten Gäste ein. Auch Bernd betrat die Scheune. Seine Augen schweiften umher und blieben an Ralf hängen. Er winkte zum Gruß und kam auf uns zu. Ich begrüßte ihn nur kurz, weil ich Annette entdeckte.

Lange hatte ich sie nicht mehr gesehen, sie war mit mir zur Schule gegangen. Ich hatte sie in der letzten Woche einfach mal wieder angerufen und gebeten, doch auch zu unserer Party zu kommen. Seit einiger Zeit studierte sie in München und es war reiner Zufall, dass ich sie bei ihren Eltern antraf. Sie hatte sich sehr zum Vorteil verändert. Früher war sie sehr pummelig und hatte kurze Haare. Jetzt stand sie vor mir, schlank, mit langen dunklen Haaren und ich fand, sie sah sehr gut aus.

Das fiel nicht nur mir auf. Längst war Annette ins Visier von Bernd geraten. Er steuerte auf uns zu und fragte, ohne den Blick von Annette zu nehmen: „Gitti, willst du mir diese Schönheit nicht vorstellen?" Auch Ralf gesellte sich zu uns, also machte ich die zwei mit Annette bekannt. Bernd starrte Annette an. Ehe ich mich versah, hatte er sie charmant in ein Gespräch verwickelt. Dabei kam er ihr immer näher.

Mit Panik in den Augen suchte ich nach Unterstützung. Ich lief zu Jutta und fragte: „Wo bleibt Isabel? Es ist gleich halb zehn oder besser gesagt fünf vor zwölf, Bernd baggert schon fleißig und es sieht so aus, als hätte er bereits einen Fisch an der Angel, Annette scheint in sein Beuteschema zu passen."

„Ganz ruhig Schwesterchen ich schaue mal, wo das *Fresschen* für unseren Tiger bleibt!", sagte Jutta so, als könne sie nichts aus der Ruhe bringen. Klar, es war ja auch nicht ihr Racheplan, der hier drohte zu scheitern. Als Jutta zurück in die Scheune kam, war ich nass geschwitzt und glaubte, es sei eine Ewigkeit vergangen. Ich konnte mich auf nichts und niemanden mehr konzentrieren. Aus den Augenwinkeln beobachtete ich Annette und Bernd. Sie lachte ihn an und ich bemerkte, wie sie sich in seinen bewundernden Blicken sonnte. Was er ihr wohl alles erzählte? Bestimmt fuhr er all seinen Charme auf und bald hätte er Annette so weit.

Hat der Typ bei Casanova eine Ausbildung gemacht, dachte ich und hatte Bedenken, mein Racheplan würde nun in wenigen Sekunden definitiv scheitern. Jutta kam auf mich zu und sagte nach Luft schnappend: „Sie kommt sofort. Du legst dich nieder, wenn du sie siehst, rattenscharf, sag ich dir. Binde schon mal deinen Mann fest. So macht die heute Abend alle scharf."

Kapitel 18

Jutta hatte nicht übertrieben. Da stand unsere Cousine in der Tür. Mein Blick wanderte gespannt zu Bernd, das Gesicht musste ich sehen, wenn er Isabel entdeckte. Ralf kam zu mir, legte den Arm um mich und sagte: „Jetzt wird es spannend."

Wir beobachteten Bernd gemeinsam. Er hing mit seinen Augen immer noch an oder besser gesagt in Annettes Ausschnitt und plapperte, ohne Luft zu holen. „Na", flüsterte ich, „spar dir die Luft lieber, sonst bleibt sie dir gleich ganz weg."

Ich beobachtete, wie Bernd sich zu Annettes Wange herüberbeugte, es sah aus, als wolle er sie küssen. Das wurde mir jetzt zu bunt. Ich musste etwas unternehmen. Isabel sah so zauberhaft aus. Mutig rief ich laut, damit auch Bernd es hören konnte: „Isabel, da bist du ja endlich. Je später der Abend, umso schöner die Gäste!" Den letzten Teil rief ich so laut und betonte das Wort „schöner" völlig übertrieben. Fast jeder hier wusste von meinem Plan, also lief ich auch nicht Gefahr, mich zu blamieren. Ralf kicherte in seine Faust, er hatte sehr wohl bemerkt, dass ich Bedenken bekam, mein Plan könnte nicht funktionieren.

Wieder den Blick auf Bernd gerichtet, flüsterte ich: „Bingo, er schaut zu ihr."

Augenblicklich, verstummte sein Gebabbel und Gesabber, seine Kinnlade fiel herunter und mit aufgerissenen Augen starrte er auf Isabel. Ich ging auf Isabel zu, zerrte sie mit an die Theke und drückte ihr ein Bier in die Hand. Sie wirkte nervös. Nun versammelten sich auch ein paar unserer Freunde an der Theke und plauderten mit uns. Ich spürte, wie Isabel lockerer wurde. Sie hatte ihr Selbstbewusstsein zurück. Bernd stand da, wie angewurzelt.

Annette hatte sich von ihm abgewandt und redete mit Jens. Traute er sich nicht oder was war mit ihm los, war Isabel eine Nummer zu groß für ihn? Seine Augen klebten an Isabel. „Der ist ja total weggetreten", sagte Ralf, hob sein Glas, prostete Bernd zu, um ihn so aufzufordern, er solle zu uns an die Theke kommen. Nichts, er hatte keine Augen für Ralf. Dann schob Ralf seinen Körper bewusst vor den von Isabel, um Bernds Aufmerksamkeit auf sich zu ziehen. Erneut winkte er ihm zu. Erst da bemerkte Bernd auch Ralf. Erleichtert nickte er Ralf zu und gesellte sich zu uns. Ich erlebte Bernd schüchtern. „Wie niedlich, der kann ja schüchtern sein", flüsterte ich Ralf ins Ohr.

„Du wirst dich noch wundern Gitti, ich glaube der alte Bernd kehrt soeben zurück."

Er tat mir fast leid, wie er so dastand und sich nicht traute, die schönste Frau auf dieser Party anzusprechen. So beschloss ich die Sache zu beschleunigen, damit auch ich endlich meine Party genießen konnte. Man war das spannend.

Ich hakte mich bei Isabel unter und schob sie Bernd genau vor die Nase mit den Worten: „Bernd, darf ich dir meine Cousine Isabel vorstellen?" Und zu Isabel sagte ich: „Isabel, das ist Bernd."

Sie gaben sich die Hände, Bernd blickte Isabel in die Augen, auch eine neue Seite an ihm, sonst starrte er doch nur auf den Busen. Ralf nahm mich in den Arm und forderte mich zum Tanzen auf. Die Tanzfläche hatte sich bereits gefüllt. Noch konnte ich mich nicht entspannen, viel zu sehr hatte ich die Befürchtung, dass Bernd sich, wie ein Trottel benahm und Isabel verscheuchte. Aber sie redeten und lachten miteinander. Isabel schien sich sichtlich zu amüsieren. Meine Freunde und meine Schwester tanzten an mir vorbei und meinten: „Das läuft doch super mit den beiden, entspann dich Gitti."

Recht hatten sie. Von nun an feierten wir ausgelassen. Einige Zeit später tanzten auch Isabel und Bernd. Sie sahen sich dabei fortwährend an. Bernd hatte Probleme, sich an Isabels Tanzstil anzupassen. Sie verstand es, sich zu bewegen und ihren Körper dabei verführerisch einzusetzen. „Der arme Bernd", sagte Ralf, „Isabel macht ihn schon jetzt ganz fertig."

Bernd verschwand kurz an die Theke, klammerte sich an seinem Bierglas fest und ließ Isabel nicht aus den Augen. Als ein langsames Musikstück aufgelegt wurde, ging Isabel mit wippenden Hüften auf Bernd zu, schnappte ihn und zog ihn nah an sich heran. Es dauerte nicht lange, dann küssten sie sich endlich. Sie konnten gar nicht mehr voneinander lassen, ab und zu machte Isabel eine Pause, um zu tanzen. Bernd kam zu mir und sagte: „Das ist also deine Cousine, du hast ihr hoffentlich noch nicht zu viel von mir erzählt?" „Hm", ich schaute ihn fragend an und ließ ihn ein wenig zappeln. „Lass mich mal überlegen. Nein, wir haben noch nicht von dir gesprochen, aber sie wird schon früh genug merken, was du für einer bist. Wieso fragst du? Gefällt sie dir?"

„Gefallen, du machst wohl Witze, sie ist der Hammer."

Mit einem Lächeln im Gesicht sagte ich: „Ich finde trotzdem, meine Cousine ist zu schade für dich."

„Mensch Gitti", flehte er, „wie kann ich meine Plumpheit wiedergutmachen. Ich weiß auch nicht, woher das kommt. Mir fällt eben zu allem etwas ein."

„Möchtest du einen Tipp von mir?"

„Ja, her damit, ich bin ganz Ohr.", bettelte er, als könne ich ihm die Lottozahlen der nächsten Ziehung verraten.

„Wenn du so viele Ideen hast, schöpfe es doch beruflich aus, werde Komiker oder so, dann lachen die Leute vielleicht auch über deine Witze. Überwiegend machst du deine Scherze auf Kosten blonder Frauen.

Allerdings, in der Anhäufung, wie du sie äußerst, bekommt man als Frau schnell das Gefühl, du hast eine zu festgefahrene Meinung über Blondinen."

„Na ja, alle sind vielleicht nicht blöd, das muss ich zugeben, doch ich kenne eine Menge, die strohdoof sind."

„Siehst du, schon wieder, lass doch den Quatsch mal, es gibt auch blöde Dunkelhaarige und Rothaarige", schimpfte ich nun und fügte hinzu, „blöde Männer gibt es übrigens auch, ich zeig dir einen."

„Wo?", fragte er und schaute sich um.

„Oh nein Bernd", sagte ich genervt, „schau mal in den Spiegel."

„Meinst du mich?", fragte er ahnungslos, wie ein kleiner Junge.

„Ja, ich meine dich. Letztendlich darf und kann ich mir keine festgefahrene Meinung über dich erlauben, dafür kenne ich dich noch nicht gut genug. So, wie du über Frauen und Blondinen im Speziellen redest und denkst, hinterlässt du auf keinen Fall einen besonders guten oder intelligenten Eindruck bei mir. Zudem finde ich, dein

ganzes Machogehabe ist einfach nur albern", antwortete
ich.

Überraschend sagte er: „Dich finde ich nicht mehr so
„blond". Echt, ich bewundere dich. Du kannst Trecker
fahren, du bist nicht auf den Mund gefallen und du bist
Ralfs Freundin."

„Trief, Schmalz, jetzt legst du dich aber ins Zeug. Was
hat Isabel dir ins Glas getan? Egal, es hat vielleicht auch
nix mit deinem Sinneswandel zu tun?"

Er antwortete darauf nicht und fragte stattdessen:
„Was meinst du, ob sie mich mag?"

„Oh, so vertraut kenne ich dich gar nicht. Klar mag sie
dich, sie hat dich geküsst, das macht sie nur, wenn sie
auch Gefallen an jemanden findet, und meist wünscht sie
sich dann auch eine Beziehung. Sie ist kein leichtes
Mädchen. Hüte dich davor, was du ihr sagst, und
verletze sie nicht. Trinkst du ein Bier mit mir?"

„Klar, warum nicht, gegen so'n kühles Blondes ist ja
nichts einzuwenden", grinste er frech.

„Autsch, das tut schon weh Bernd, du kannst froh
sein, dass ich Humor habe, aber weitermachen solltest
du so auf keinen Fall. Ich versuche freundlich zu sein,
weil es hier um meine Cousine geht. Manchmal würde
ich dir nach so einer Anspielung lieber eine scheuern.
Also wundere dich nicht, wenn du die Retourkutsche
eines Tages doppelt zurückbekommst."

Während wir unser Bier an der Theke tranken, suchte
ich Ralf, er tanzte gerade mit Conny. Er sah mich und
lächelte mir zu. Ich verspürte Sehnsucht und entschied,
den Rest des Abends ausschließlich mit ihm zu
verbringen und mich nicht mehr um das Balzgehabe von
Bernd zu kümmern. Meinen Racheplan wollte ich auch

nicht weiterverfolgen und verschob ihn bis auf Weiteres. Er gab mir sein Versprechen, sich in Zukunft mit seinen Sprüchen ein wenig zurückzuhalten. Hoffentlich war das kein Versprecher.

Ralf kam zu uns. „Na Bernd, ich muss wohl aufpassen, langsam entwickelst du eine Vorliebe für blonde Frauen?"

Er nahm mich in den Arm, gab mir einen Kuss auf die Wange und verkündete: „Diese Frau hier bekommst du nicht, dass das mal klar ist!" In diesem Moment legte Isabel ihre langen braunen Arme um Bernd. Er küsste sie und sagte: „Auf keinen Fall, wie ihr seht, bin ich ganz weit davon entfernt, mich für Blondinen zu interessieren, ich stehe nach wie vor auf dunkelhaarige Frauen, keine ist so schön, wie Isabel."

Augenblicklich ließ Isabel von Bernd ab, drehte sich auf dem Absatz um und ging wütenden Schrittes auf die Tanzfläche zurück.

Ich verdrehte die Augen und dachte: *Ups, das war grad ein böser Fehler Bernd.*

Als wüsste Bernd nicht, was er soeben angerichtet hatte, fragte er: „Was ist mit Isabel? Habe ich etwas falsch gemacht? Oder ist sie jetzt unter die Blondinen-Beschützer gegangen?"

Ich schaute ihn böse an. „Du erwartest nicht ernsthaft eine Antwort, oder?" Dann tanzte ich zu Isabel. „Was ist mit dir?"

Kapitel 19

„Das fragst du noch", sagte sie wütend, „Bernd hätte mich nicht einmal angesehen, wenn ich mir die Haare nicht getönt hätte. Für ihn ist eben blond gleich blöd. Ich habe doch keine Chance, denn ich will nicht ständig meine Haare tönen müssen, nur damit er sich nicht dazu herablassen muss, seine Meinung über Blondinen zu revidieren."

„Mann, du bist ja stinksauer", stellte ich fest, „mir hat er gestanden, er findet dich spitze, meinst du wirklich, er ändert seine Meinung, wenn er sieht, dass du blond bist?"

„Ja, da bin ich mir so was von sicher. Und ich blöde Kuh habe mich verliebt, das tut grad alles ganz schön weh", jammerte sie und verließ wütend die Scheune. Mir war sofort klar, Isabel kam heute Abend nicht wieder zurück. Mein Racheplan löste sich in Luft auf. Es brachte nun auch nichts, ihr nachzulaufen. Bernd kam auf mich zu und fragte: „Was ist mit Isabel?"

„Ihr ist nicht gut und sie möchte schlafen gehen", log ich.

„Hat sie nichts gesagt?", seine Frage klang ernsthaft besorgt. Da ich schon zu lügen begonnen hatte und ich eine Rettung für meinen Racheplan brauchte, setzte ich noch eine weitere Lüge obendrauf: „Doch, sie hat etwas gesagt, es ging um Gefühle und so."

„Wie jetzt? Spanne mich doch nicht so auf die Folter. Es kann ja nicht sein, dass sie sich ohne sich von mir zu verabschieden, aus dem Staub macht. Dafür war ihr Verhalten mir gegenüber ein bisschen zu offensichtlich, findest du nicht? Also was hat sie gesagt?", fragte er fordernd.

„Der Abend war so toll", hat sie gesagt und ich wählte bewusst einen schwärmenden Ton. „Sie hat gesagt, sie sei verliebt."

Bernd unterbrach mich: „In wen?" „Oh Bernd, jetzt hast du aber anscheinend viel Platz zwischen den Ohren, du Blödmann. In dich natürlich!", dabei klopfte ich mit meinem Zeigefinger an seine Stirn.

„Wieso geht sie dann einfach?", fragte er und starrte ins Leere. So eine Behandlung war er anscheinend von anderen Frauen nicht gewohnt. „Weil sie keinen Alkohol verträgt und lieber geht, bevor sie alles voll spuckt, ist doch anständig, oder findest du nicht?", log ich weiter, ohne rot zu werden. Das gab mir kurz zu denken, weil ich ja sonst bei jeder Gelegenheit errötete. „Ach ja, sie hat auch gesagt, du sollst deine Telefonnummer hierlassen, sie würde dich morgen gerne anrufen."

Jetzt hatte ich mich weit aus dem Fenster gelehnt und hoffte, mein Plan würde dennoch funktionieren. Wie ein begossener Pudel stand Bernd da. Die Party war für ihn gelaufen. Conny und Martin wollten auch schon fahren und boten Bernd an, ihn nach Hause zu bringen. Das war ihm nur recht. Er verabschiedete sich mit den Worten: „Sag Isabel, ich warte auf ihren Anruf, bitte!"

Ich versprach es ihm. Der Gedanke, Isabel sei in ihn verliebt, ließ ihn hoffen, sie würde sich auch bestimmt melden. Die anderen Gäste hatten Zelte mitgebracht und auf der Pferdewiese aufgebaut. Zu später Stunde rückten Ralf, Michael und Jens, sich jeder einen Stuhl an die Theke, weil sie nicht mehr stehen konnten. Das lag nicht an ihren müden Beinen oder an der Uhrzeit, sondern viel mehr an der Menge Bier, die die drei schon getrunken hatten. Ich ging zu ihnen und fragte: „Na ihr drei, könnt ihr nicht mehr stehen?" „Ja!", lallte Jens, „und jetzt trinken wir so lange, bis wir nicht mehr sitzen können. Prost Gittilein, das hier ist eine tolle Party."

„Ja, das ist 'ne tolle Party", stöhnte ich und ließ meinen Blick umherschweifen, dabei entdeckte ich meine Freundinnen und Jutta auf der Tanzfläche, sie hatten Spaß. In den letzten Tagen und Stunden hatte ich mich zu sehr auf meinen Racheplan, Isabel und Bernd konzentriert. In Folge dessen kümmerte ich mich zu wenig um Ralf, obwohl, um den konnte ich mich heute Nacht noch kümmern, wenn das überhaupt möglich war.

Jetzt sah ich meine Freundinnen und auch ich wollte unbedingt ein wenig Spaß haben, also ging ich auf die Tanzfläche. Wie in alten Zeiten tanzten, lachten und feierten wir bis in die frühen Morgenstunden. Gegen vier Uhr konnte ich mich nicht mehr auf den Beinen halten, Ralf saß noch auf dem Stuhl vor der Theke, er sagte, als ich ihn in den Arm nahm, um ihn mit ins Zelt zu nehmen, er habe gewonnen, weil die anderen schon vom Stuhl gefallen seien.

Kapitel 20

Als ich am Morgen um acht verschlafen in die Scheune kam, saßen Jutta, Jens, Britta und Annette schon putzmunter auf den Bänken. Gähnend fragte ich: „Seid ihr schon oder immer noch wach?" „Immer noch", sagte Jutta.

Darum sahen sie noch so frisch aus. Wenn ich die Nacht durchgemacht hätte, ginge es mir jetzt bestimmt auch besser.

Ich bat Jutta, mich in die Küche zu begleiten. Ich wollte etwas für ein gemeinsames Frühstück vorbereiten. Carola, Annette und Britta kamen auch mit. Ich verspürte einen leichten Schwindel, da genug Helfer am Werk waren, entschied ich mich erst einmal, ausgiebig zu duschen.

Wieder in der Küche lief die dritte Kanne Kaffee durch. Auf dem Tisch stand eine große Platte mit belegten Broten. Ich schnappte mir eine Kanne, stellte Tassen auf ein Tablett und tanzte aus der Küche. Ralf war auch schon aufgestanden. Verschlafen blickte er mich an, die anderen hatten begonnen, die Biertheke abzubauen. Wir schoben die Tische zusammen für unsere Frühstücksrunde.

Gegen elf Uhr hatten wir das Gröbste beseitigt, den Rest konnte ich auch alleine aufräumen, also schickte ich alle nach Hause. Ralf war noch sehr müde. Ich bot ihm an, er könne sich in meiner Wohnung duschen und sich noch ein wenig schlafen legen. Ich fuhr die Maschinen wieder in die Scheune. Isabel hatte ich den ganzen Vormittag noch nicht gesehen. Jutta legte sich auch schlafen. Meine Mutter kam in die Scheune, sie war

113

überrascht, als sie sah, dass alles wieder sauber war. Sie lud mich auf die Terrasse ein, sie hatte einen Salat gemacht. Mein Vater lag schlafend im Garten auf einer Liege und zu seinen Füßen lag Sam. Ein Bild des Friedens. Ich aß den Salat mit meiner Mutter und erzählte ihr kurz von unserer Feier.

Dann wurde auch ich müde und zog mich zurück. In meiner Wohnung taumelte ich zu Ralf ins Bett. Ein kräftiges Gewitter riss mich aus dem Schlaf. Es war bereits halb vier, als Ralf aufwachte, er nahm mich in den Arm, ich befreite mich, sprang auf und öffnete das Fenster, frische Luft kam ins Zimmer.

Ich liebte es, bei Gewitter einfach nur dazuliegen, dem Naturschauspiel zuzusehen und die saubere Luft einzuatmen.

Gegen fünf musste ich wieder die Kälber versorgen, Ralf fuhr heim und bat mich, ihn auf dem Laufenden zu halten. Meine Eltern waren schon im Schweinestall. Ich vernahm das Quieken der Schweine, so ein Theater veranstalteten sie immer, wenn die Futtertröge gefüllt wurden. Im Kuhstall forderte ich die bunten Damen auf, in der Melkstation ihre Plätze einzunehmen, danach versorgte ich die Kälber.

Als ich über den Hof lief, rief Jutta vom Balkon: „Wann bist du fertig? Isabel sitzt hier bei mir und ich brauche deine Hilfe!" Jetzt schlug mein Herz schneller, weil ich vergessen hatte, dass Isabel Bernd heute anrufen sollte, und gleich war es schon sieben. Also rief ich: „Ich beeile mich, bin gleich bei euch."

Schon wenige Minuten später stand ich unter der Dusche, warf mir ein langes T- Shirt über und ging in Juttas Wohnung.

Kapitel 21

Die zwei saßen auf der Couch in Juttas Wohnung, Isabel hatte einen Turban auf dem Kopf. Jutta zeigte mit dem Daumen auf den Turban: „Sie hat ein Mittel drin, damit die Tönung rausgeht."

Ich setzte mich auf die andere Seite neben Isabel. „Ach Mäuschen, du bist traurig, ich weiß."

Tränen liefen über ihr Gesicht. „Warum habe ich mir nur die Haare getönt, so eine Scheißidee. Selbst wenn ihm das nichts ausmacht, wird er sauer, dass wir überhaupt versucht haben, ihn so reinzulegen, und dann ist eh alles aus."

„Nun sei mal nicht so pessimistisch, wir brauchen jetzt einen Plan B, also lasst uns nicht Rumheulen, sondern nach Lösungen suchen. Er findet dich Hammer, das hat er gesagt."

Isabel riss sich das Tuch vom Kopf und fragte uns: „Sind meine Haare schon heller?"

„Ja!", antworteten wir, „aber noch nicht blond."

„Dann wasche ich sie noch mal und hau mir das Zeug rein", schimpfte Isabel. „Glaubt mir, wenn ich augenblicklich blond werden würde, dann würde ich zu ihm fahren und ihn fragen, so verheult wie ich bin, ob er jetzt auch noch den Klempner spielen möchte?"

„Wieso Klempner?", fragten wir sie.

„Wenn ich ihn gestern gelassen hätte, dann hätte er doch schon auf der Party sein Rohr verlegen wollen.", mit dem Satz pfefferte sie ihr Handtuch gegen die Wand. Jutta und ich versuchten krampfhaft uns das Lachen zu verkneifen. So kannten wir Isabel gar nicht. „Das ist nicht witzig, helft mir lieber, ich bin mit meinem Latein am

Ende oder mit meiner Hühnersprache, wie ging das noch dingsbumsdehelfe ..."

Wir redeten auf sie ein: „Nun warte doch mal, in ein paar Tagen bist du wieder blond und bis dahin sollten wir uns etwas überlegen, wie wir Bernd hinhalten können, ohne dass er Verdacht schöpft oder sich eine andere sucht."

Bei den letzten Worten wurde Isabels Blick düster. Jutta fügte schnell hinzu: „Wobei ... Letzteres, glaube ich, trifft wohl nicht ein. Ich denke, es hat ihn ganz schön erwischt."

„Wir haben ihm gesagt, du hättest die Party verlassen, weil dir nicht gut war", erklärte ich ihr, „außerdem sollst du Bernd heute anrufen. Er hat mich darum gebeten, es dir zu sagen."

„Ich kann nicht. Dunkelhaarig sieht der mich nicht wieder, sonst gewöhnt er sich noch daran. Ich gefalle mir mit blonden Haaren auch viel besser", schimpfte Isabell.

„Hallo *Isa behel*?!", dabei winkte ich ihr zu, „du sollst nur telefonieren, er kann dich nicht sehen, wenn ihr telefoniert. Hast du das verstanden?"

„Ich kann auch nicht mit ihm sprechen, ich will ihn nicht anlügen. Könnt ihr euch nicht etwas einfallen lassen und ihn hinhalten. Ich kann doch krank sein mit Stimmverlust. Oder ich habe hohes Fieber."

„Dann kommt er noch auf die Idee dir 'nen Krankenbesuch abzustatten, willst du ihn dann mit dem Turban empfangen oder dich unter der Decke verstecken?", erwiderte Jutta, sichtlich genervt.

„Dann müsst ihr ihm eben erzählen, dass ich nach Hause musste, weil ...?", sie überlegte.

„Weil dein Meerschweinchen gestorben ist?", warf Jutta ein.

„Quatsch! Sehe ich so aus, als hätte ich ein Meerschweinchen?"

„Nein, und wenn, dann wäre es ja auch gestorben", erwiderte ich schelmisch.

„Das würde Bernd nicht glauben, so doof ist der auch nicht."

„Wir können doch sagen, du musstest nach Hause und auf euer Haus aufpassen, weil deine Eltern plötzlich beruflich verreisen mussten", warf Jutta triumphierend ein.

„Keine schlechte Idee", sagte Isabel und zeigte endlich ein wenig Begeisterung.

„Er wird deine Telefonnummer haben wollen", gab ich zu bedenken.

„Wir lassen ihn zappeln. Erzähle ihm einfach, ich würde mich bei ihm melden, sobald ich zurück bin, und dass ich mich schon auf ihn freue. Das schluckt er bestimmt."

„Ja okay, so machen wir es, dann werde ich ihn jetzt anrufen", schlug ich vor, um die Sache zu beschleunigen. Meine Hände waren vor Aufregung ganz feucht. Ich holte die Telefonnummer aus meiner Wohnung. Zum Glück hatten wir in unseren Wohnungen moderne Telefonapparate. Ich saß mit dem Telefon in der Mitte und die beiden klebten mit ihren Ohren dicht am Hörer. Ich vermied es, den Lautsprecher einzuschalten. Bernd durfte auf keinen Fall spüren, dass hier etwas nicht stimmte.

Es war schwer ihm alles zu erklären. Er wollte wissen, ob Isabel seinetwegen abgereist sei. Auch war er sich ganz sicher, dass er keinen Fehler gemacht hatte, ich sagte ihm, dass ich von nichts wisse und er sich das bestimmt nur einbilde. Als er drängelte, ich solle ihm ihre Telefonnummer mitteilen, gab ich ihm deutlich zu verstehen, dass Isabel es uns verboten habe. Zum Abschluss sagte ich: „Bernd, ich soll dir sagen, sie ruft dich zurück, sobald sie wieder da ist und sie hat auch gesagt, sie freue sich schon auf dich, also sehe ich da auch grad keinen Anlass, daraus ein Problem zu machen."

Durch den Apparat spürte ich, dass er wusste, wir führten etwas im Schilde. Enttäuscht beendete er das Gespräch mit den Worten: „Dann muss ich wohl warten, bis sie zurück ist."

Wir schauten uns mit Dackelblicken an und ich musste gestehen, Bernd tat mir jetzt richtig leid. Isabel sagte: „Wie halte ich das nur die nächsten Tage aus?"

„Wir sind doch bei dir", trösteten wir sie. Ich wuschelte ihr durch die Haare: „Los kommt, wir machen noch eine Packung *Tönung rückgängig* in deine Haare."

Den Abend verbrachten wir in Juttas Wohnung, sahen fern und futterten Chips.

Nach meinem Arbeitstag am Montag telefonierte ich nur kurz mit Ralf, er erzählte mir, dass er sich mit Bernd treffen wolle, dann fiel ich hundemüde in mein Bett.

Kapitel 22

In den darauffolgenden Tagen ging es bei uns ruhig zu. Bei den gemeinsamen Mahlzeiten wurden Arbeitspläne für die nächsten Tage besprochen. Isabel arrangierte sich so gut sie konnte im Haushalt und wurde mit jedem Tag blonder. Ich pflügte die Felder, auf die mein Vater vorab einen Teil der Gülle gefahren hatte, am Abend war ich dann wie gerädert vom vielen Geschaukel auf dem Trecker. So ging es die ganze Woche, in einem ganz normalen Alltagstrott weiter.

Das Wochenende war ruhig, es regnete und somit verbrachten wir viel Zeit im Haus. Am Dienstag darauf war ich bei Ralf zu Hause eingeladen, ich sollte den Rest seiner Familie kennenlernen, da es regnete, saßen wir im Wintergarten. Selten hatte ich so lustige und freundliche Menschen erlebt. Ich fühlte mich sofort wohl im Kreise seiner unkomplizierten Familie. Später zogen Ralf und ich uns zurück in seine Wohnung. Ich sprach über das Telefonat mit Bernd, und dass mich nun doch Gewissensbisse plagten.

Ralf hatte schon mit Bernd darüber gesprochen und sagte weiter, dass Bernd in den letzten Tagen an jedem Abend bei ihm gewesen sei, um sich auszuweinen. *Tagebuchfreund eben.* Anscheinend waren Bernds Gefühle zu Isabel ernster, als wir dachten. Die Nacht über blieb ich bei Ralf. Als ich ihn am Morgen anschaute, wie er so dalag und friedlich schlief, wünschte ich mir, niemals wieder eine Nacht ohne ihn verbringen zu müssen. Vorsichtig küsste ich ihn und fuhr heim.

Der Mittwoch fing schon gut an, ich hatte ganz vergessen, dass meine Eltern auf Reisen gegangen waren. Sie nahmen an irgendeiner Fahrt, die von ihrem Kartenklub organisiert wurde teil. Somit musste ich mein Arbeitstempo verstärken. Unsere Mitarbeiter waren pünktlich und ich verteilte die Aufgaben. Gerade als ich glaubte, mein Frühstück allein einzunehmen, erschien Isabel in der Küche und leistete mir Gesellschaft.

„Ich habe heute Lust das ganze Haus zu putzen, meinst du deine Mutter hätte etwas dagegen?"

„Auf keinen Fall, Putzteufel sind bei ihr immer herzlich willkommen", sagte ich, „nur solltest du darauf achten, die Fenster verschlossen zu halten."

„Warum das denn, hast du Angst, jemand könnte mir das Putzmittel stibitzen."

„Nein, natürlich nicht, da es regnet, werde ich heute Gülle fahren. Der Geruch zieht sonst durch alle Räume und das mag Mama gar nicht."

Das Ausfahren der Gülle war nun eine Arbeit, die mir überhaupt keinen Spaß bereitete. Das lag nicht allein am Gestank, die viele Fahrerei und ständig musste ich rauf auf den Trecker, runter vom Trecker. Das nahm viel Zeit in Anspruch und meist dauerte die Leerung unserer Gruben den ganzen Tag. Jutta hatte an diesem Mittwoch ihren freien Nachmittag. An der Kaffeetafel trafen wir zusammen.

Ich bat sie gleich, mir eine Aufgabe abzunehmen und nach der Kuh zu schauen, die angeblich erst am Wochenende kalben sollte. Ich vermutete nämlich, dass diese kurz vor der Niederkunft stand. Der Tierarzt war gestern schon da gewesen. Er meinte, das Kalb würde falsch liegen und es könne bei der Geburt zu Komplikationen kommen. Als ich gegen Mittag nach ihr schaute, war sie eigenartig unruhig und das war meist ein Zeichen, dass es bald losging. Ohne zu meckern, übernahm Jutta die Hebammentätigkeit und ging in den Stall.

Als ich zur Abendbrotzeit das Haus betreten wollte, traf ich Jutta vor der Küchentür. Sie las gerade eine Nachricht von Isabel.

Schuhe und stinkende Sachen bitte draußen lassen!
LG Isabel

Wir befolgten die Anweisungen von Isabel und betraten die Küche. Isabel hatte nicht nur geputzt, sie hatte uns auch ein leckeres Abendbrot bereitet. Jutta beeilte sich und ging noch während sie den letzten Bissen kaute, zurück in den Stall.

Sie wollte die Kuh nicht alleine lassen und meinte auch, das Kalb würde schon vor Freitag geboren. Ich ließ mir Zeit und trank nach dem Essen in aller Ruhe noch einen Kaffee mit Isabel. Nebenbei berichtete ich ihr, was Ralf über Bernds Sorgen gesagt hatte, dass er Angst habe Isabel könne das Interesse an ihm verloren haben und er könne es kaum abwarten Isabel wiederzusehen.

Gerade als wir den Tisch abräumten, stürzte Jutta aufgeregt in die Küche. Isabel schaute sie böse an, denn Jutta stand da und der Stalldreck verteilte sich vor unseren Augen auf dem frisch gewischten Küchenboden. Noch ganz außer Atem rief Jutta: „Schnell, ich brauche eure Hilfe, deine auch Isabel, das Kälbchen, es kommt mit den Hinterbeinen zuerst, es sitzt fest. Für den Tierarzt ist es zu spät!"

Kapitel 23

Ich zog in Windeseile meinen Overall über und warf Isabel den von meiner Mutter zu, mit den Worten: „Wenn du den angezogen hast, dann bringe einen Eimer heißes Wasser mit und komm bitte so schnell du kannst in den Stall!" Isabel stand da, sichtlich angeekelt von der Vorstellung nun Geburtshilfe leisten zu müssen.

Doch sie besann sich. Kurze Zeit später stand sie in voller Montur, sogar ein Kopftuch hatte sie gefunden, mit einem Eimer Wasser im Stall. Die Hinterbeine des Kalbes schauten schon heraus, aber die Wehen des Muttertieres hatten ausgesetzt. Das Kalb steckte fest. Jetzt wurde es allerhöchste Zeit.

Die Kuh stöhnte vor Schmerzen. Wir befestigten an jedem Hinterbein ihres Kalbes ein Seil. An dem einen zog ich, an dem anderen Seil zog Isabel, sie konnte nicht hinsehen und schaute in die entgegengesetzte Richtung. „Das ist nicht gut!", schrie ich sie an, „sieh hin! Wir müssen gleichmäßig ziehen!"

„Ja, ist schon gut!", schrie sie zurück. Jutta tauchte ihren Arm in das heiße Wasser, danach verschwand dieser bis zum Ellenbogen in der Kuh. Isabel verzog angewidert das Gesicht und begann zu würgen. „Wenn du jetzt kotzt, dann bist du die längste Zeit meine Cousine gewesen, reiß dich zusammen, Isabel!" Ein mahnender Blick von mir und sie konzentrierte sich wieder auf die Hinterbeine des Kalbes. „Gut", sagte Jutta. „Das Kalb liegt nicht auf dem Rücken. Jetzt müsst ihr ganz vorsichtig und gleichmäßig ziehen, immer auf mein Kommando."

Das Kalb bewegte sich nur wenige Zentimeter Richtung Ausgang. Wir warteten weitere Befehle von Jutta ab. Wie bei einer Rudermannschaft sagte sie: „Jetzt!", wenn wir wieder ziehen sollten, und „Stopp!", wenn wir warten sollten. „Jetzt kommt eine Wehe! Zieht jetzt, zieht doch!", motzte sie uns an. Diese Prozedur wiederholten wir dreimal. Beim dritten Mal flutschte uns das Kälbchen mit allerlei Flüssigkeit entgegen. Isabel und ich landeten auf dem Po.

„Ist mir schlecht!", würgte Isabel.

„Wieso?", fragte ich, „das hat doch super geklappt und das Fruchtwasser wäschst du einfach unter der Dusche ab."

„Igitt, das ist Fruchtwasser? Habt ihr auch Desinfektionszeug zum Duschen da?"

„Ja, auch das haben wir. Heute bekommst du alles, was du willst von mir, weil du das ganz toll gemacht hast. Ich ernenne dich hiermit zur Kälbchen-Hebamme des Tages", ich taufte sie mit dem nassen Stroh, sie wehrte sich, dabei rutschte ihr das Kopftuch vom Kopf.

Sie blickte stumm auf die offene Stalltür und nahm mich gar nicht mehr wahr. Langsam bewegte ich meinen Kopf auch in Richtung Stalltür. Jutta versorgte die Kuh und war damit beschäftigt, die Reste der Fruchtblase vom Kalb zu wischen. „Könnt ihr mir mal helfen?", fragte sie gereizt, erkannte aber auch, dass wir, wie gebannt auf die Stalltür schauten. Auch sie schaute nun in die Richtung, ließ fallen, was sie in den Händen hielt und rief: „Ach du Scheiße!"

„Das kannst du wohl laut sagen", flüsterte ich. Isabel fragte leise: „Wo ist das Loch im Erdboden, in das ich jetzt bitte versinken kann.

Kapitel 24

In der offenen Stalltür standen Ralf und Bernd. Ralf zog die Schultern hoch, als wollte er sagen, *ich habe es nicht verhindern können. Er hat sich nicht davon abbringen lassen. Er hatte im Gefühl, dass Isabel noch hier ist.*

Bernd schaute ziemlich ungläubig, ich konnte seinen Blick nicht deuten. Schaute er so, weil das Bild, welches sich ihm hier bot, nämlich Isabel im Kuhstall, so ungewohnt für ihn war, dazu noch im Blaumann? Oder weil er nun die Bestätigung dafür bekam, dass seine Vermutung, sie sei nicht fort, richtig gewesen war? Oder war ihm in der kurzen Zeit aufgefallen, dass Isabel blonde Haare hatte?

Isabel nahm ihr Kopftuch, wischte sich damit die Hände und das Gesicht sauber. Jutta säuberte verlegen das Kälbchen, ohne den Blick von der Stalltür abzuwenden. Auch ich vernahm, dass Kalb und Kuh wohlauf waren, ohne die Blickrichtung zu verändern. Jetzt hatte ich Angst, dass es zwischen Isabel und Bernd krachte.

Sie ging langsam, wie in Zeitlupe auf Bernd zu. Die Stalltür stand weit offen. Es regnete nicht mehr, die Abendsonne schien nun durch die offene Stalltür und blendete mich. Ich konnte nur die Umrisse der drei erkennen. Meine Knie waren ganz weich, als ich versuchte aufzustehen, es gelang mir nicht. Ralf kam auf mich zu. Er nahm mich in den Arm und flüsterte: „Ich konnte ihn nicht aufhalten, er hat gemerkt, dass etwas faul ist. Er wollte schon allein fahren, da habe ich mich schnell angeboten, ihn zu fahren, damit ich euch hätte unterstützen können, aber das brauche ich ja jetzt wohl nicht mehr."

„Trotzdem schön, dass du da bist", hauchte ich, denn ich wagte es nicht, lauter zu sprechen.

Ich hatte das Gefühl, als gäbe es gleich ein Gewitter, irgendwie war die Luft dicker, als sonst üblich.

Wir beobachteten Isabel und Bernd. Isabels letzte Schritte in Richtung Bernd waren auf einmal selbstbewusster und voller Kraft, sie bewegte sich in ihrem Blaumann, wie auf einem Laufsteg auf ihn zu. Bis sie vor ihm stand. Ihre Haltung kündigte jetzt eher einen Angriff an, so wie es Geparden machten, wenn sie ihre Beute im Visier hatten. Sie legte ihre Hände in die Hüften und schüttelte ihr langes, mit Fruchtwasser verschmiertes Haar und sagte selbstbewusst: „Ich bin blond Bernd."

Er stand da, wie angewurzelt, keiner sagte etwas. Zwei Minuten Stille, selbst das Kälbchen und die Kuh waren so still, man hätte eine Stecknadel fallen hören können. Ich wagte es nicht einmal zu schlucken.

Plötzlich machte Bernd einen Satz auf Isabel zu, nahm sie auf den Arm, wirbelte sie eineinhalb Mal herum und rief: „Das ist mir scheißegal, ich bin verliebt!", und fügte anerkennend hinzu: „Blonde Haare stehen dir auch viel besser zu Gesicht. Nur das Gel Zeug würde ich an deiner Stelle nicht mehr benutzen. Es riecht.

Glaube mir, Isabel, ich bin so froh, dass du hier bist.", er setzte sie wieder ab und küsste sie leidenschaftlich. „Nicht!", kreischte Isabel, „ich habe überall Fruchtwasser von der Kuh!"

„Ist mir auch egal!", kreischte er zurück.

Jutta, Ralf und ich jubelten und spendeten den beiden Applaus. Isabel fragte: „Bist du mir nicht böse?"

„Nein, aber ihr hättet mir ruhig sagen können, dass du blond bist. Das hätte an meinen Gefühlen zu dir nichts geändert. Aber dir kann und darf ich keine Schuld geben, wie das alles gelaufen ist. Ich denke, diese Lektion habe ich verdient.

Und da fällt mir jemand ein, der bestimmt seine Finger mit im Spiel hatte, um mir einen Denkzettel zu verpassen. Ein ausgeklügelter Plan von einer „Blondine in Opposition", ihr seid mir ein paar kluge helle Köpfe.", nach diesen Worten rannte Bernd auf mich zu. Eh ich mich versah, landeten wir im schmutzigen Stroh. „Du kleines Miststück!", lachte Bernd, „bist du jetzt zufrieden, ja?"

Ich nahm eine Handvoll Stroh, platschte es auf seinen Kopf und sprach eine Textstelle aus dem Märchen, der Wolf und die sieben Geißlein, mit tiefer Stimme nach: „Ja, jetzt endlich hat der blonde Bösewicht seine Rachelust gebüßt…", „…und ist zufrieden mit dem Ergebnis!", beendet Jutta meinen Satz.

Jutta sagte: „Moment, bevor ihr so weitermacht, finde ich, wir haben alle eine kleine Stärkung verdient. Streut ihr schon mal frisches Stroh aus, ich bin gleich wieder da!"

Sie kam mit einem Tablett Stullen, und fünf Gläsern Saft zurück, wir setzten uns auf die Strohballen. Isabel schien der Stallgeruch nichts mehr auszumachen und auch dem feinen Bernd nicht. Sie kuschelten sich zufrieden aneinander.

Ich setzte mich zwischen Jutta und Ralf. Jutta sagte: „War das ein aufregender Tag!"

„Ein aufregender Tag? Eine aufregende Woche war das! Ich finde, wenn wir hier schon so gemütlich zusammensitzen, dann sollten wir Bernd nun auch die ganze Geschichte erzählen. Was meint ihr?", schlug Ralf vor.

Wir stimmten ihm zu und Isabel begann Bernd zu berichten, was in ihr vorgegangen war, als sie ihn zum ersten Mal gesehen hatte.

Ende
Endendlefendehelefe

Ich durfte auf dem Land aufwachsen, Danke.

Weitere Romane von Martina Bohr (ehemals Mußmann)

>Die Wunderforscherin<
nur eine Idee entfernt von der Wirklichkeit
ISBN: 9783758367298

Zum Inhalt:

Zwei Freundinnen, Anna und Ulrike, die ungleicher nicht sein können, arbeiten für einen Verlag. Als dieser sich durch die schlechte Wirtschaftslage gezwungen sieht, Stellen abzubauen, findet Anna schnell eine neue Stelle, als Redaktionschefin. Sie bittet Ulrike ihre Assistentin zu werden. Ulrike nimmt das Angebot an, weil Sie gerne mit Anna zusammenarbeitet.

Nach dem ersten Treffen, welches auch einer Probeassistenz gleichkommt, erkennt Ulrike, worauf sie sich eingelassen hat, doch es gibt kein Zurück. Die Zeitung veröffentlicht Schicksalsberichte, überwiegend von Frauen.

Ulrike bekommt zunehmend Gewissensbisse mit dieser Art der Berichterstattung. Dies wird noch verstärkt, nachdem Ulrike die krebskranke Johanna kennenlernt. Zudem stellt sie enttäuscht fest, dass Ihre Freundin und Kollegin Anna, sich sehr verändert hat und befürchtet ihre Freundschaft könne zerbrechen.

Als die zwei den lang geplanten Urlaub mit gemeinsamen Freunden über die Weihnachtsfeiertage antreten, geschehen Dinge, die das Leben der beiden Frauen verändert.

Das Schicksal nimmt seinen Lauf.

>Die Sicht W Aise<

nur einen Augenblick entfernt von der Realität

ISBN: 9783758371080

Ist die Fortsetzung vom Roman *>Die Wunderforscherin<*

Zum Inhalt:

Ulrike und Anna haben ihre Idee >Die Wunderforscherin< erfolgreich umgesetzt. In den meisten Fernsehsendungen sind sie gern gesehene Interviewpartner. Frei nach dem Motto, die Not macht erfinderisch, entwickeln die beiden dynamischen Frauen ständig neue Projekte, die ihnen, ihren Mitarbeitern und der Allgemeinheit dienen. Als sie eine Einladung zu einem Interview vom zweitgrößten Nachrichtensender >SichtTV< mit einem der berühmtesten Korrespondenten erhalten, ist Ulrike verhindert. Anna kennt den Korrespondenten Thomas Riebering von einem Treffen aus dem Vorjahr. Nach dem Interview hofft Anna mit ihm sprechen zu können, doch Thomas ist plötzlich nicht aufzufinden. Da sie großen Gefallen an Thomas gefunden hat, versucht sie, mit einigen Tricks und der Unterstützung ihrer Freunde, ein Treffen mit ihm herbeizuführen. Anna erfährt, dass man dem Schicksal nicht unter die Arme greifen kann. Ein Zufall sorgt jedoch schon bald für ein Wiedersehen. Allerdings steckt Thomas, durch seine Arbeit, in einem Hamsterrad fest und ist nicht bereit seine Sichtweise auf sein Tätigkeitsfeld zu verändern. Der Stein des Schicksals rollt unaufhaltsam. Ulrike trägt ein Geheimnis mit sich herum. Neue Projekte und die Probleme ihrer Freundin Anna verhindern jeden Versuch, ihr Geheimnis zu lüften. Zu all den Turbulenzen kommt ihre Tante auch noch unverhofft zu Besuch und kündigt Neuigkeiten an. Ulrike erfährt nebenbei, dass ihre Tante nicht alleine gereist ist. Mit ihrer Sichtweise auf das Neue, gerät Ulrike mit ihrer Tante und Anna aneinander.

Freuen Sie sich auch auf die entzückenden
Weihnachtsgeschichten von Martina Bohr.

2012 wurden ihre fünf Geschichten als Sammlung
veröffentlicht.

Nun werden diese mit Illustrationen neu verlegt

>Warum der Bär seinen Winterschlaf verpasste<

ist bereits im Handel erhältlich unter der ISBN:
9783758326462

Ab September dürfen Sie sich auf die zweite
Weihnachtsgeschichte freuen

>Ein Elch braucht neue Schuhe>

Martina Bohr (ehemals Mußmann) ist 1964 im Münsterland in einem Ortsteil von Ostbevern geboren. Dort ist sie zusammen mit vier Geschwistern aufgewachsen.

Sie ist Mutter von drei erwachsenen Töchtern und lebt mit ihrem Mann im schönen Rheinland. Bereits als Kind packte sie die Schreiblust.

Neben zahlreichen Gedichten, Kurzgeschichten, lustigen Kurztexten und Sketchen entstanden die ersten Romane.